투신

# 강태산

# 투신 강태산 6

박선우 장편소설

초판 1쇄 찍은 날 § 2017년  1월 23일
초판 1쇄 펴낸 날 § 2017년  1월 30일

지은이 § 박선우
펴낸이 § 서경석

편집책임 § 배경근

펴낸곳 § 도서출판 청어람
등록번호 § 제387-1999-000006호.
등록일자 § 1999. 5. 31
어람번호 § 제1-2619호

주소 § 경기도 부천시 부일로 483번길 40 서경B/D 3F (우) 14640
전화 § 032-656-4452  팩스 § 032-656-4453
http://www.chungeoram.com
E-mail § chungeorambook@daum.net

ⓒ 박선우, 2016

ISBN 979-11-04-91185-9 04810
ISBN 979-11-04-90979-5 (세트)

# 투신
# 강태산

박선우 장편소설

FUSION FANTASTIC STORY

투신
강태산

# CONTENTS

제1장
**전야제 II**

김가을은 출국장을 빠져나오면서 한숨을 내리쉬었다.

벌써부터 언론은 그녀가 강태산을 응원하기 위해 뉴욕으로 떠난다는 사실만 가지고도 핑크빛 기사들을 토해내고 있었다.

물론 추측성의 선정적인 기사들은 도움이 되는 경우가 있다.

하지만 그것은 이제 막 피어나는 신인들에게나 해당되는 것이지 그녀 같은 톱스타에게는 독약과 같은 것이다.

더군다나 그녀는 강태산을 직접 본 적이 한 번도 없기 때문에 더욱 걱정이 앞섰다.

그의 경기를 수없이 돌려보며 호감을 키워온 것은 사실이지만 화면에서 경기하는 장면과 직접 대면했을 때의 감정이 같을 것이라고는 생각하지 않았다.

가슴이 설레는 것은 사실이었다.

조각같이 생긴 남자.

완벽한 몸매에 숨겨져 있는 승리를 향한 투혼.

그의 경기를 볼 때마다 여자로서 본능적인 뜨거움이 가슴에 넘쳐흘렀다.

보고 싶었다.

정말 그녀가 상상했던 것처럼 멋진 남자인지 두 눈으로 직접 확인하고 싶었다.

그와 반드시 어떻게 해보겠다는 생각을 가지고 이런 결정을 내린 것은 아니었다.

그저 가슴속에 품었던 호감.

28년이란 세월을 살면서 한 번도 가져보지 못했던 여자로서의 긍정.

그런 긍정이 사실인지 알고 싶었을 뿐이다.

김가을은 발걸음을 옮기면서 설렘과 부담감을 동시에 느꼈다.

공항을 가득 채운 기자들의 질문은 그녀와 서유경에게 집중되었는데 이미 주변 인물들을 통해 그녀들이 스케줄까지 미뤄가며 응원단에 합류한 것을 알고 있었기 때문이었다.

대한민국을 대표하는 톱스타들이 동시에 강태산을 응원하기 위해 떠난다는 것은 거기에 분명 다른 이유가 있을 것이라는 추측을 낳기에 충분했다.

기자들의 질문에는 그저 격투기를 좋아해서 팬의 입장으로 가보고 싶었다는 핑계를 대었다.

그것은 서유경도 비슷했다.

서유경은 시간이 남아 평소에 출연하고 싶었던 '대단한 도전'에 참가하게 되었다는 변명을 댔다.

"휴……."

다시 새어 나오는 한숨.

이미 격투기 팬들은 기자들이 토해낸 핑크빛 기사들을 읽은 후 경기에 방해하는 짓을 한다며 신랄한 비난을 토해내는 중이었다.

과연 이것이 잘하는 짓일까?

나의 욕심 때문에 그가 경기에 집중하지 못한다면 정말 못할 짓을 한 꼴이 된다.

그러나, 그녀의 입에서 한숨이 흘러나온 건 그 이유 때문만이 아니었다.

바로 서유경의 존재가 마음에 걸렸다.

그녀는 단도직입적으로 강태산에 대한 호감을 숨기지 않았는데 지금까지의 행동으로 봤을 때 그것은 전혀 서유경답지 않은 짓이었다.

눈을 보면 알 수 있었다.

서유경의 눈은 질투에 사로잡혀 있는 눈이 아니었다.

그랬기에 답답하다.

다른 누구도 아닌 서유경이 정말 오랜만에 자신이 호감을 가진 남자에게 관심을 갖는다는 것이 그녀의 입에서 한숨이 흘러나오게 만들었다.


"같이 가자."

"혼자도 버거운데 둘이 가지고?"

"어떠니, 어차피 혼자 걸어도 시선을 끄는 건 마찬가지잖아."

서유경이 방긋 웃으며 대답을 해왔다.

하긴 그녀의 말이 맞았다.

공항에 도착해서 기자회견을 할 때부터 그녀들은 사람들의 이목을 한 몸에 끌어당겼고 지금도 마찬가지였다.

그녀들이 가는 곳은 사람들이 사진을 찍느라 난리가 아니었다.

출국 게이트를 통과해서 비행기를 타기 위해 보딩 터미널을 걷는 동안 서유경은 김가을과 나란히 걸으며 입을 열었다.

그녀가 입술에 칠한 핑크빛 루즈는 마치 은은한 조명처럼 빛을 발하고 있었다.

"나 너한테 물어볼 게 있어."

"뭔데?"

"정말 궁금해서 그러니까 오해하지 말고 들어줘. 넌 왜 강태산 선수를 이상형이라고 한 거니?"

"그냥, 그때 사회를 맡은 MC가 갑작스럽게 물어서 그렇게 대답한 거야. 생각나는 사람이 그 사람밖에 없었거든."

"왜 그 사람밖에 생각나지 않았어?"

"웃을지도 모르지만 난 격투기 팬이야. 그러다보니 강태산 선수의 경기를 모두 보게 되었어. 그 사람 경기는 사람의 심장을 뜨겁게 해. 그때 난 그 사람 경기에 매료되어 있었어."

"그랬구나."

"이유로 충분해?"

"그렇다면 남자로서의 호감은 없다는 뜻이네?"

"그건……."

서유경의 질문에 김가을이 대답을 하지 못하고 말을 흐렸다.

하지만 곧 안색을 바꾸었다.

"아니, 호감 있어. 내가 가는 이유도 그걸 확인하고 싶어서야. 정말 내가 찾는 사람이 맞는지 알고 싶어."

"대단하네, 김가을."

"난 지금까지 살아오면서 한 번도 제대로 된 연애를 해본 적이 없어. 그래서 마음이 설렌다, 그 사람을 본다는 게."

"나도 그래. 저번에 말했던 것처럼 나도 그 사람을 더 알고 싶어서 가는 거야."

서유경이 말을 마치면서 주변을 돌아봤다.

그녀들의 앞에는 '대단한 도전'의 스태프들과 출연진이 좌우 에서 걷고 있었기 때문에 혹시나 그녀의 말을 들었을까 봐 걱 정하는 모습이었다.

그런 모습을 보면서 김가을이 피식 웃음을 흘렸다.

"유경아, 그 남자 어디가 좋았니?"

"그냥 충격이었어. 스튜디오에 앉아 있는데 뭐에 홀린 것처 럼 백마 탄 왕자처럼 보이더라."

"이야기는 해봤어?"

"하나는 물어봤지."

"프로그램에서?"

"응."

"뭘 물었는데?"

"여자친구 있느냐고 물어봤어. 그랬더니 없다면서 싱긋 웃 는데 가슴이 철렁 내려앉은 기분이었다."

"휴… 걱정이네."

"뭐가?"

"그 남자, 제발 직접 봤을 때 아무렇지 않았으면 좋겠다. 한 남자를 두고 너와 경쟁하는 짓은 죽어도 하고 싶지 않아."

"나도 마찬가지야. 그 좋은 남자들 남겨두고 내가 뭐하는 짓인지 모르겠다."

"이런 게 언론에 노출되면 너나 나나 좋을 게 하나도 없어. 알지?"

"알아, 그래서 조심하잖아."

"페어플레이, 알지? 시끄럽게 떠들지 말자는 뜻이야."

"오케이, 나도 그렇게 생각했어. 그러니까 너나 조심해."


　　　　*　　　　　*　　　　　*


강태산은 경기가 하루 앞으로 다가오자 훈련을 멈추었다.

이번에는 타이틀전이었기 때문에 보름 전에 들어와 지금까지 UFC 측이 마련해 준 체육관에서 훈련을 해왔지만 오늘은 늦잠까지 자면서 게으름을 피웠다.

땡동.

실컷 자겠다는 말을 했음에도 아침 9시가 되자 여지없이 벨이 울렸다.

보나 마나 김만덕일 것이다.

놈은 배고픔을 참지 못하고 밥 먹자며 달려온 것이 뻔했다.

침대에서 일어나 문을 열자 예상했던 것처럼 김만덕이 그 큰 덩치를 흔들며 소리를 질러왔다.

"형, 오늘은 쉬더라도 일단 밥은 먹자. 배고파 죽겠어."

"먼저 먹지 그랬냐?"

"형이 안 먹었는데 양심 없이 어떻게 혼자 먹어?"

"말이 되는 소릴 해. 네가 무슨 양심이 있어?"

"다른 때라면 몰라도 시합 때는 칼같이 형의 수발을 들어왔다. 그런 나를 이렇게 매도할 거야?"

"알았다. 알았으니까 입에 묻은 거품이나 닦아. 다 큰 놈이 소리 지르면서 왜 침을 흘려!"

"빨리 옷이나 입으셔. 아버지 기다리신다."

"관장님도 안 드셨어?"

"응, 형 기다리고 있었지."

"알았다, 잠깐만 기다려 세면은 해야 될 것 아니냐."

"5분 이내에 해. 아니다, 옷 갈아입는 것까지 10분 준다."

"이놈이 마치 교관같이 말하네."

김 관장이 밖에서 기다린다는 말에 강태산의 행동이 빨라졌다.

여자와 다르게 남자가 몸을 씻고 옷을 갈아입는 시간은 김만덕의 말처럼 10분이면 충분하다.

물론, 때 빼고 광낸다면 이야기가 다르지만 대충 그렇다는 뜻이다.

　강태산이 머리를 감고 옷을 입는 데 걸린 시간은 정말 10분에 불과했다.

　옷을 입고 옆방에 있는 객실의 벨을 누르자 기다렸다는 듯이 김 관장이 나타났다.

　김 관장은 시합이 코앞으로 다가오자 벌써부터 긴장한 기색이 역력했다.

　"태산아, 잠은 잘 잤냐?"

　"저는 잘 잤는데 관장님이 못 잔 모양입니다. 눈이 충혈되었어요."

　"생각할 게 많아서 잠이 잘 안 오더라."

　"가시죠."

　"그래."

　"오늘 일정은 어떻게 됩니까?"

　"오전에 나가서 가볍게 몸이나 풀자. 스파링은 하지 말고 스트레칭하고 샌드백이나 두들겨."

　"그럼 가볍게 운동 끝내고 점심은 몸보신 겸 한식당에 가서 삼겹살이나 먹읍시다."

　"인마, 오후에 '대단한 도전'팀 만나기로 했잖아. 고기 냄새 풀풀 풍기면서 여배우들 만날래?"

"마늘만 조심하면 됩니다. 지들은 밥 안 먹고 산답니까?"

"그래도 강태산 이미지가 있지, 걔들이 코 막으면 어쩌려고 그래. 그냥 우아하게 레스토랑에 가서 스테이크나 먹어."

"싫어요. 난 삼겹살 먹을랍니다. 삼겹살 먹으면 컨디션이 살아날 것 같아요. 그래도 안 가실 겁니까?"

"얘가 갑자기 왜 이렇게 고집을 부려!"

"아버지, 형이 하자는 대로 해요. 저도 삼겹살 먹고 싶어요."

"너희 둘이 오면서 짰냐?"

"짠 게 아니라 식성이 비슷한 거죠. 형, 내가 김 기자한테 말해놓을까?"

"그래라. 걔도 지금까지 한 게 별로 없어서 힘들었을 거다. 눈치도 보였을 거고."

김만덕의 말에 강태산이 즉각 대답하자 김 관장의 얼굴에서 쓴웃음이 배어 나왔다.

어차피 두 놈이 합심을 해서 덤비면 그로서는 어쩔 수 없기 때문이었다.

그리고 또 하나.

선수를 철저하게 관리해야 되는 입장이었지만 지금까지 강태산은 음식 때문에 컨디션 조절을 못 한 적이 없었다.

먹고 싶은 건 먹는 게 좋다.

그럼에도 반대를 한 것은 삼겹살의 기름기가 혹시라도 장에

탈을 일으킬지 모른다는 우려 때문이었다.

김 관장의 입이 다시 열린 것은 김만덕이 신이 난 듯 핸드폰을 꺼내 들 때였다.

"태산아, '대단한 도전'의 PD가 아까 전화가 왔더라. 3시부터 30분 미팅하기로 했는데 촬영하기엔 시간이 부족할 것 같다면서 자기들과 저녁을 같이하는 게 어떠냐고 묻더라."

"그래서요?"

"안 된다고 했다."

"왜요?"

"왜긴, 시합을 앞둔 놈이 그런 자리에 왜 가!"

"잘하셨네요. 예쁜 여자들 온다는데 거부하는 거 보니까 관장님이 늙긴 늙으신 모양입니다."

"이놈아, 그건 만덕이라도 거부했을 거다. 시합이 우선이지 여자가 우선이냐?"

"아마, 만덕이는 고민 좀 했을걸요."

"내가 무슨 고민을 해?"

전화를 꺼내서 주섬거리며 김숙영의 전화번호를 열심히 찾던 김만덕이 궁금하다는 표정으로 물어왔다.

하지만 김 관장은 그의 질문에 대답하지 않고 곧장 다른 이야기를 꺼냈다.

"태산아, 우리 지금이라도 다시 생각해 보는 게 어떠겠냐?"

"그 얘기라면 그만하시죠."

"수많은 전문가들이 1, 2라운드를 넘겨야 한다고 조언하고 있어. 맥도웰의 펀치는 상상하지 못할 정도로 강해!"

"알고 있습니다. 하지만, 저는 죽어도 그런 짓은 하지 않을 겁니다."

"야, 인마. 아웃파이트를 한다고 해서 비겁한 건 아니야. 승리를 위해 싸우면서 그런 걸 비겁하다고 한다면 어떤 놈이 옥타곤에 남아 있겠냐?"

"나는 살아오면서 지금까지 적을 앞에 두고 한 번도 물러난 적이 없습니다."

"태산아!"

"전 국민들이 보는 경기입니다. 관장님도 들으셨겠지만 제가 격투기를 시작한 것은 대한민국의 사내가 얼마나 강한지 세계에 똑똑히 보여주기 위함입니다. 그런 놈이 맥도웰이 무서워서 도망가는 모습을 보이겠습니까? 나는 옥타곤의 중앙에서 한 치도 물러서지 않을 겁니다. 그러니 더 이상 그런 말씀은 하지 마세요!"


\*　　　　\*　　　　\*


'대단한 도전'의 메인MC는 황재윤과 더불어 요즘 국민들에게 가장 사랑받는 김기동이었다.

김기동은 개그맨으로 시작해서 예능 프로그램의 MC로 자리 잡았는데, 타고난 화술로 출연진들은 물론이고 시청자들까지 한꺼번에 사로잡는 마력을 지닌 사람이었다.

물론 '대단한 도전'의 멤버들은 다섯이었지만 대부분의 진행은 그가 담당하기 때문에 현동헌은 점심을 먹은 후 자신의 방으로 그를 불렀다.

개인적으로는 형, 동생 하는 사이였지만 일을 할 때만큼은 현동헌은 철저하게 그를 통제했다.

아무리 국민MC로 통한다 해도 현재 YJN에서 가장 영향력 있는 현동헌PD의 말이라면 김기동은 여지없이 고개를 숙였다.

"어서 와라."

"형님, 무슨 일이십니까?"

"쉬는데 불러서 미안해."

"별말씀을요."

"이야기할 게 있어서 불렀어."

현동헌이 은근한 눈으로 말을 하자 김기동이 슬그머니 다가와 앉았다.

연예계 생활은 눈치가 생명이다.

눈치가 없는 놈은 생명이 짧다는데, 김기동은 그런 면에서 타고났다는 평가를 받을 정도로 귀신이다.

"비밀 이야깁니까?"

"그래."

"뭐죠?"

"기동아, 이번에 김가을하고 서유경이 들어와서 좀 놀랐지?"

"그렇죠. 걔들이 어떤 애들입니까, 대한민국에서 둘째라고 하면 서럽다고 할 톱스타이잖아요."

"불편한 건 없어?"

"왜 없겠습니까. 다른 애들처럼 함부로 대할 수가 없으니까 불편한 것투성이죠. 심지어 밥 먹는 것까지 신경이 쓰이더라고요."

"밥은 스태프들이 다 준비할 텐데 네가 왜 신경이 쓰이냐?"

"너무 예쁘니까 그렇죠. 이건 뭐, 여신들이 떠억 버티고 앉아 있는 곳에서 밥 먹는 게 이 정도로 고역일 줄 몰랐습니다."

"애까지 있는 놈이 별소릴 다하네."

현동헌이 피식 웃자 김기동이 지그시 눈을 오므렸다.

그가 이렇게 너스레를 떤 것은 현동헌이 쉽게 이야기를 할 수 있도록 분위기를 띄워놓은 것이다.

"프로그램을 하면서 저를 이렇게 비밀리에 부른 건 처음인 것 같군요. 뭡니까, 궁금해서 견딜 수가 없네요."

"걔들에 관한 이야기다."

"김가을하고 서유경 말입니까? 걔들이 왜요?"

"너도 뉴스를 봐서 알겠지만 지금 걔들 때문에 나라가 다 시끄러울 지경이야."

"핑크빛 루머 말이죠?"

"네가 생각했을 때는 어떠냐, 그게 정말 루머에 불과한 것 같아?"

"글쎄요. 제가 걔들 머릿속에 들어간 적이 없으니 알 수 있나요. 하지만, 제가 생각했을 때 지금 떠도는 소문은 루머에 불과한 겁니다. 연예계 기자들이 떠벌리고 다니는 거죠. 먹고 살려니까 별소릴 다 하면서."

"왜 그렇게 생각해?"

"제가 알기로 서유경은 대한그룹 막내아들이 쫓아다닌다는 소문이 있습니다. 김가을도 마찬가지로 재벌 2세들이 잔뜩 눈독을 들이고 있는 중이고요. 형님, 생각해 보십시오. 걔들이 뭐가 아쉬워서 그깟 격투기 선수를 좋아하겠습니까?"

"누가 좋아한다고 했냐? 그냥 물어본 거지."

현동헌이 눈을 빛내며 물어온 김기동의 반응에 한숨을 깊게 흘러냈다.

그 역시 국장이 오버한다는 생각을 가지고 있었다.

스케줄까지 미뤄가면서 김가을이 여기까지 온 것은 그야말로 오로지 강태산의 시합을 보기 위함일 가능성이 컸다.

그녀는 여배우답지 않게 격투기의 광팬으로 소문난 지 오래였다.

텔레비전에 나와 강태산을 이상형이라고 말한 것조차 현동헌에게는 비웃음의 대상이었다.

연예계에서 20년 동안 굴러먹은 그의 경험상 지금까지 여배우가 진짜 좋아하는 남자를 방송에서 떠든 적은 한 번도 없었기 때문이었다.

서유경도 마찬가지였다.

김기동이 말한 것처럼 대한그룹의 막내아들이 그녀를 좋아한다는 건 이 판에서 밥 먹고 사는 사람들은 전부 아는 사실이었다.

어쩌면 서유경은 뉴욕에서 그를 만나는 것으로 사전 약속을 해놨을지 모른다.

김기동은 현동헌이 한숨을 내리쉬자 눈치 빠르게 질문을 던져왔다.

"머리 좋은 형님이 그런 말을 꺼냈을 때는 뭔가 다른 생각이 있을 것 같은데요. 아닙니까?"

"있다. 그래서 널 부른 거고."

"답답하게 만드시는군요. 이제 속 시원하게 말씀하시죠. 도대체 뭡니까?"

"기동아, 우리 그 루머 좀 이용하자."

"루머를 이용하자니요?"

"어차피 여기까지 온 거 걔들을 이용해서 시청률 좀 올리자는 말이다."

"아이고, 형님!"

금방 무슨 뜻인지 눈치챈 김기동이 기겁을 했다.

현동헌이 너무 쉽게 말을 했기 때문에 대충 들었다면 자신도 모르게 고개를 끄덕일 뻔했다.

최고의 여자 톱스타와 현재 국민들에게 가장 인기를 얻고 있는 강태산이 썸타는 장면을 보여준다면 아마 현동헌의 말대로 '대단한 도전'은 시청률 신기록을 만들어낼지도 모른다.

하지만, 현동헌이 말한 것은 세상에서 가장 어려운 일에 불과했다.

물론 여배우들과 짜고 시청자들의 관심을 끌어낼 정도만큼 연극을 할 수도 있으나 그것은 시청자들을 속이는 짓에 불과한 것이니 나중에 문제가 생긴다면 자신이 전부 덤터기를 쓰게 될 것이다.

그랬기에 그는 정색을 하면서 현동헌을 바라봤다.

"형님, 대단한 도전이 여기까지 온 것은 진심을 다해 시청자들을 상대했기 때문입니다. 그건 형님이 더 잘 아시잖습니까?"

"누가 뭐래?"

"시청자를 상대로 속이는 행동은 하면 생명력이 짧아집니다. 이건 제가 10년 동안 대단한 도전을 진행해 온 MC로서 형님한테 드리는 충곱니다."

"기동아, 우리는 시청자를 속이는 행동은 절대 하지 않는다. 뭔가 오해했나 본데 연극을 하라는 게 아냐. 그냥 자연스럽게 분위기를 끌어내 보라는 뜻이지."

"아까도 말씀드렸지만 걔들은 다른 애들하고 근본적으로 다른 여자들이에요. 자칫 잘못했다가는 프로그램을 망칠 수도 있단 말입니다."

"그러니까 너한테 부탁하는 거 아니냐. 네 진행 능력을 믿지 못했다면 이런 부탁을 하겠어?"

"정말 힘든 일을 시키시는군요."

"노골적으로 하면 오히려 시청자들이 거부반응을 일으킬 수도 있다. 나는 네가 그동안 했던 것처럼 시청자들의 흥미를 끌어내며 실컷 웃게 해준다면 그것만으로 충분하다고 생각해. 그러니까 너무 부담 갖지 말고 할 수 있는 선까지만 해봐."

"윗선의 오더군요?"

"씨발, 맞아."

"그렇다면 죽으나 사나 해봐야죠. 하지만 강태산과 연결 고리를 따로 만들어주셔야 합니다. 오늘 미팅에서는 시간이 너무 없기 때문에 하고 싶어도 못 하니까요."

"알았어. 그건 내가 어떻게든 해볼게."

*　　　*　　　*

김만덕은 3시가 다가오자 좌불안석이 되었다.

그는 오로지 여자 연예인들에게 관심이 가 있었는데, 화면
에서나 봤던 여자들을 직접 보게 된다는 생각에 어젯밤 잠까
지 설쳤다며 너스레를 떨어댔다.

"형, 이세 가자."

"야, 인마. 아직 15분이나 남았다."

"스타들을 기다리게 만드는 건 실례야. 우리가 먼저 내려가
서 기다리자니까!"

"그럼 넌 내려가서 기다리고 있어. 난 3시에 맞춰서 내려갈
테니까."

"우와, 이 사람 말하는 것 좀 봐. 우린 생사고락을 같이하는
전운데 이렇게 쉽사리 배신을 때리냐."

"만덕아, 걔들이 여기까지 오는 건 날 보러 오는 거야. 내가
걔들을 보러가는 게 아니란 말이다. 넌 남자가 쪽팔림도 없
냐?"

"그런가?"

"그러니까 잠자코 저기에 앉아서 텔레비전이나 보고 있어."

"전부 영어만 나오는데 뭘 보라고. 그림만 보는 거 정말 재미없다."

"그럼 양치질이나 더 하든가. 내가 그렇게 마늘 먹지 말랬는데 기어코 먹더니 냄새가 하늘을 찔러!"

"삼겹살에는 마늘이지. 그건 하늘이 내려주신 조화야. 그걸 어떻게 거부하냐?"

"네 옆에 여자들이 누가 오겠어? 아무리 예쁘면 뭐하냐? 그 여자들이 냄새난다고 네가 다가오면 기겁을 하고 도망갈 텐데."

"우와, 이 형이 이제 협박까지 하시네."

"빨리 가서 이빨이나 닦아. 나 괴롭히지 말고."

"알았다, 간다, 가. 금방 다시 올 테니까 내려갈 준비나 하고 있어. 알았지?"

김만덕이 자신의 방으로 부리나케 가는 것을 보면서 강태산이 빙그레 웃었다.

김가을, 서유경은 그도 영화관과 텔레비전을 통해 자주 본 여자들이었다.

눈부신 외모. 그래, 여신이라는 말이 부족하지 않을 만큼 어마어마한 미모를 가진 여자들이다.

하지만, 그게 다였다.

시합을 앞둔 강태산은 그녀들이 온다고 해서 가슴이 떨릴 만큼 심장이 작은 남자가 아니었다.

어차피 한 약속이었고 오늘은 훈련도 없었기 때문에 강태산은 김만덕이 나가자 가방에서 셔츠와 청바지를 꺼내 입었다.

선을 보러 가는 것이 아니었으니 최대한 편한 복장으로 나가는 것이 자연스럽다는 생각 때문이었다.

열심히 닦고 오랬더니 김만덕은 채 5분도 지나지 않아서 다시 나타났다.

"형, 가자."

"아이고, 만덕아!"

"복도를 걸어서 엘리베이터 타고 내려가면 10분 걸린다. 우린 시간을 기가 막히게 맞추는 배달의 민족이잖아."

옷을 갈아입은 강태산의 팔을 붙잡고 김만덕이 문을 향해 질질 끌고 나갔다.

놈은 정말 일분일초가 급한 모양이었다.


김 관장은 마지막으로 맥도웰의 경기 영상을 다시 한 번 살펴보겠다며 방에 남았기 때문에 촬영 팀이 진을 치고 있는 그릴에는 강태산과 김만덕만 내려갔다.

이미 그릴에는 그를 쫓아 미국까지 날아온 기자들과 대단한 도전 스태프들로 인해 바글거리는 중이었다.

거기에는 최유진과 김숙영도 포함되어 있었는데 방송국의 카메라맨들을 뒤에 매달고 있었다.

최유진은 강태산이 멀리서 다가오는 모습을 보면서 입술을 지그시 깨물었다.

그릴에 나타난 김가을과 서유경은 여자인 자신이 봐도 감탄이 나올 만큼 아름다웠다.

인터넷이 발달되었고 워낙 그녀들에 관한 기사들이 쏟아져 나왔기 때문에 최유진 역시 강태산과 그녀들을 엮은 핑크빛 기사들을 읽었다.

다른 사람들은 코웃음을 치면서 쓸데없는 상상을 써 갈긴 연예부 기자들을 향해 욕을 했으나 최유진은 심장이 덜컥 내려앉는 기분을 느꼈다.

여자의 직감.

김숙영에게서 느꼈던 여자로서의 직감이 그녀들에게서 느껴졌기 때문이었다.

그랬기에 최유진은 강태산의 다가오는 모습을 보면서 남몰래 한숨을 흘려냈다.

이전에도 정말 잘생겼다고 생각했는데 지금의 강태산은 다가오는 자체만으로 마치 후광을 뿜어낸다는 착각이 들 만큼 대단한 존재감을 보여주고 있었다.

강태산이 나타나자 현동헌이 재빨리 다가왔다.

"강태산 선수, 반갑습니다. 저는 '대단한 도전'의 현동헌 PD 입니다."

"안녕하세요. 반갑습니다."

"내일이 시합인데 이렇게 무리한 부탁을 하게 돼서 죄송합니다. 저희들도 강선수가 이겨주기를 간절히 바라고 있으니 오늘은 강선수를 응원 온 우리 팀과 인사만 해주십시오."

"그러죠."

"자, 이쪽으로 오십시오. 스탠바이 사인이 들어가면 자연스럽게 촬영을 시작하겠습니다."

현동헌이 안내하듯 강태산을 '대단한 도전' 출연진들이 기다리고 있는 그릴의 중심으로 안내를 하자 기자들의 카메라 플래시가 연속으로 터졌다.

현동헌은 그런 기자들의 취재 열기를 막지 않았다.

자연스럽게 강태산이 출연진과 인사하는 장면을 연출하기 위함이었다.

"스탠바이, 큐!"

"시청자 여러분. 내일이 시합인데도 고국에서 응원 온 연예인들을 만나주기 위해 강태산 선수가 오셨습니다. 뜨거운 박수 부탁드립니다."

사인이 떨어지자 김기동이 호들갑을 떨며 오프닝 멘트를 날리더니 강태산을 향해 다가왔다.

그의 멘트가 떨어지자 그릴 안을 가득 채웠던 사람들이 열렬한 박수를 보내왔다.

강태산이 김기동의 안내에 따라 그릴의 중간으로 걸어 들어가자 '대단한 도전' 팀의 고정 멤버들이 과장된 모습으로 괴성을 질렀고 특별히 응원을 위해 참가한 연예인들이 인사를 해왔다.

"강태산 선수, 승리를 기원하기 위해 우리나라 최고의 톱스타들이 전부 모였습니다. 유명한 사람들인데 알아보시겠습니까?"

"그럼요, 전부 아는 분들이군요."

"특히, 강태산 선수는 격투기를 좋아하는 남자 팬들도 열성이지만 여성분들에게 엄청난 인기를 끌고 있습니다. 여기에 오신 여자 연예인들도 전부 강태산 선수를 보기 위해 스케줄까지 미루고 오신 겁니다. 어때요, 기분 좋죠?"

"감사합니다. 저를 응원해 주기 위해 미국까지 날아올 줄은 정말 몰랐습니다."

"자… 그럼 한 분씩 인사를 하시죠."

김기동의 소개로 '대단한 도전' 팀의 멤버들이 먼저 악수를 청해왔고 남자 연예인들도 차례차례 인사를 했다.

그리고 뒤쪽에 서 있던 여자 연예인들의 순서가 되자 카메라의 플래시가 일제히 터지기 시작했다.

기자들은 본능적으로 특종을 알아보는 법이다.

그랬기에 그들은 하이에나처럼 강태산과 김가을, 서유경이 인사하는 장면을 찍기 위해 몸부림을 쳤다.

"안녕하세요, 김가을입니다. 강태산 선수를 뵙게 되어서 영광이에요. 이번 시합 꼭 이겨주시길 바라요."

"성원에 보답하기 위해 최선을 다하겠습니다."

"서유경입니다. 우린 한번 뵌 적이 있죠. 그때부터 기회가 된다면 꼭 강태산 선수의 시합을 직접 볼 생각이었어요. 꼭 이겨주세요. 열심히 응원할게요."

"감사합니다."

강태산이 두 여자를 향해 환한 웃음을 지었다.

싱그러운 미소.

마치 사랑하는 여자를 향한 것처럼 그의 미소는 부드러웠고 따뜻했다.

제2장
**세계 타이틀전 VS 맥도웰**

아침에 눈을 뜬 강태산은 창문을 열고 찬란하게 떠오르는 태양을 바라보며 지그시 눈을 감았다.

드디어 결전이 시작된다.

두려움보다 그의 심장을 가득 채우고 있는 것은 가벼운 흥분과 투지뿐이었다.

그동안 UFC에 들어와 싸운 자들은 하나같이 대단한 선수들이었다.

물론 자신의 몸에는 현천기공이 있기 때문에 비공을 운용하면 단숨에 끝낼 수 있는 자들이지만 그동안 순수한 육체의

힘만으로 싸워왔기 때문에 치열한 승부를 거칠 수밖에 없었다.

초반부터 최선을 다하지는 않은 것은 사실이다.

자신의 황폐해진 삶에 담겨 있는 분노를 씻어내기 위해 상대의 주먹과 자신의 주먹을 끝없이 주고받으며 위로를 받으려 했으니 온 힘을 기울여 초반에 상대를 박살 내는 짓은 하지 않았다.

맥도웰.

지금까지 상대해 왔던 자들과 근본적으로 다른 레벨을 가지고 있는 막강한 챔피언.

23전 전승을 기록하며 벌써 타이틀 방어전만 7차례나 성공시킨 옥타곤의 도살자라 불리는 사나이.

그의 원투펀치와 킥의 능력은 무서울 정도로 강했고 테이크다운에 대한 방어 능력과 서브미션 기술 또한 UFC 최정상급의 수준을 보유하고 있었다.

그러나 그가 정말 무서운 것은 상대를 압박하는 포스가 무시무시하다는 것이었다.

가공할 펀치력과 킥을 앞세우고 돌진해 들어오는 맥도웰의 인파이팅은 도전자들을 무력하게 만드는 최대 무기였다.

강태산을 향해 격투기 전문가들이 최대한 아웃복싱을 하면서 시간을 소진한 후 후반 라운드에 승부를 걸어야 한다는 주문을 넣은 것은 바로 그런 이유다.

김 관장이 쉴 새 없이 잔소리를 하면서 강태산으로 하여금 아웃복싱을 하게 요구할 수밖에 없었던 건 맥도웰의 인파이팅을 파훼할 방법이 그것밖에 없다는 것을 인정했기 때문이었다.

그러나 강태산은 언제나 웃으며 전문가들의 조언과 김 관장의 압박을 넘겨 버렸다.

사나이로 살아간다는 것.

살아 있는 전설로 불리는 맥도웰을 향한 그의 투혼은 그러한 것을 비겁함이라 불렀다.

밝게 솟아오르는 태양.

뉴욕의 초고층 빌딩숲 사이로 솟구치는 태양이 마치 커다란 농구공으로 보일 만큼 컸다.

강태산은 냉장고에서 물을 꺼내 들고 의자에 앉아 그런 태양을 바라보며 고개를 좌우로 돌렸다.

오늘.

오늘이 지나면 세상이 달라진다.


                *          *          *


뉴욕에 있는 메디슨 스퀘어가든은 수용 인원이 약 2만 명에 달했고 프로 농구 팀 뉴욕닉스와 아이스하키 팀 레인저스의 홈구장이기도 했다.

그리고 이곳은 복싱의 전설 무하마드 알리와 조프레이저의 대결을 비롯해서 수많은 복싱 타이틀전이 열린 곳이었으며 미국인들이 사랑하는 프로레슬링 경기도 숱하게 열린 곳이기도 했다.

UFC가 이곳 메디슨 스퀘어가든에 입성한 것은 이미 20년이나 되었는데 뉴욕에 위치하다 보니 관중 동원력은 그 어느 곳보다 뛰어났다.

UFC 463의 경기는 10시부터 시작되는 것으로 예정되어 있었으나 관중들은 이미 아침 7시부터 메디슨 스퀘어가든 앞을 가득 메우고 있었다.

흥행 보증수표인 맥도웰과 강태산의 경기가 벌어지는 이번 대회는 이미 보름 전에 완전 매진이 된 상태였다.

더군다나 PPV 판매량도 UFC 역사상 세 번째로 높은 530만 건을 기록하면서 대박을 터뜨렸기 때문에 톰슨 회장은 특유의 미소가 얼굴에서 떠날 줄을 몰랐다.

김현웅과 하정아가 자신들의 블로그 응원단에 동참하겠다고 한 사람들을 만난 것은 동쪽 광장이었다.

최대한 빨리 입장해서 응원단을 꾸리겠다는 생각에 강태산 팬클럽과도 연락을 취해놓은 상태였기 때문에 그들이 동쪽 광장에 도착했을 때는 이미 삼십여 명의 사람들이 모여 있었다.

30분이나 먼저 도착했음에도 그들보다 부지런한 사람들은 의외로 많았다.

나이대가 전부 달랐다.

이십 대부터 오십 대까지 모인 사람들은 다양했는데 시간이 지나면서 사람들이 삼삼오오 모여들자 연령대를 알아보기 힘들었다.

그들의 몸에 지닌 태극기 때문이었다.

어떤 사람들은 손에 들었고 어떤 사람들은 가슴 전체를 태극기로 둘렀다.

각양각색.

옷차림과 생김새는 모두 달랐으나 모두 태극기를 지니고 있어 김현웅의 눈에는 오직 그들이 지닌 태극기만 들어왔다.

사람들은 시간이 지날수록 점점 많아졌다.

대한민국 사람들이 세계 곳곳에 흩어져 산다는 걸 알았지만 이렇게 많은 숫자가 모일 줄은 몰랐다.

사람들의 숫자는 시간이 지나자 거의 400명에 육박하고 있었다.

사람들이 술렁이기 시작한 것은 일곱 대에 달하는 벤이 나타나면서부터였다.

벤에는 '대단한 도전'이란 로고가 새겨져 있었다.

곳곳에서 탄성이 터져 나왔다.

문이 열리며 대단한 도전의 고정 멤버들과 연예인들이 모습을 드러내자 사람들은 태극기를 감싼 채 휴대폰을 꺼내 들고 연신 셔터를 눌러대느라 정신이 없었다.

그것은 김현웅과 하정아도 마찬가지였다.

연예인들을 처음 본 그들은 인간 같지 않은 그들의 모습을 보면서 입을 다물지 못했다.

"오빠, 저기 봐봐. 도민수야. 아우 정말 잘생겼다. 꺄악, 김현민이도 왔어!"

"다른 사람들도 많구만 얘가 잘생긴 남자들만 이야기하네. 정아야, 남편이 옆에 있는데 너무한 거 아니냐?"

"호호, 미안."

"저기 봐라. 선글라스 낀 애가 바로 김가을이다. 그 옆이 서유경이고."

"땡땡하네. 나보다 세 살밖에 어리지 않는데 피부가 완전 투명해 보여."

"그 뒤에 있는 애들은 어떻고. 걸그룹 애들이라 그런지 몸매가 완전 장난이 아니다. 몸매가 금방 터질 것 같네."

"아니, 이 사람이 방금 전에 나보고 뭐라 그러드만. 마누라가 옆에 있는데 정말 이럴 거야?"

"어, 쟤들 선글라스 벗는다."

김현웅이 잽싸게 대화의 주제를 바꾸며 김가을과 서유경을 향해 손가락을 가리켰다.

그의 말대로 두 여자는 팬들이 자신들을 향해 환호성을 지르자 선글라스를 벗고 인사를 하는 중이었다.

"세상에, 직접 보니까 이건 완전 사람이 아니네."

"저거 다 화장발이야."

"화장발로 저렇게 된다면 내가 돈이 얼마가 되든 사 준다. 가서 물어볼까, 어떤 화장품 쓰는지?"

"죽을래?!"

"그런데 쟤들, 우리랑 같이 응원하려는 모양이야. 전부 태극기를 가지고 있잖아."

"이번에 특집 방송을 한다고 했으니까 당연히 그렇게 하겠지."

"우리 옆에서 응원하면 좋겠다."

"얼씨구. 이 남자가 점점 무덤을 스스로 파시는군요."

"왜, 싫어? 자긴 도민수 팬이잖아."

"도민수만 옆에 와야 해. 저 계집애들은 말고."

"우와, 우리 마누라 정말 웃기시네요."

둘이 투닥거리는 사이에 장비를 잔뜩 내린 '대단한 도전' 스태프들이 자리를 잡은 채 촬영을 시작했다.

그들은 생생한 장면을 하나도 놓치지 않으려는 듯 연예인들이 사람들과 대화하는 모습을 찍어댔다.

산다는 것에 대한 즐거움.

좋아하는 것을 위해 시간을 낸 장소에서 특별한 인연을 만난 사람들은 얼굴에서 밝은 웃음을 지어내며 이 시간을 즐겼다.

이 모임을 주도한 강태산 팬클럽의 회장인 장학수가 마이크를 들고 앞으로 나선 것은 7시가 거의 다 되었을 때였다.

그는 작은 건설 회사를 운영하는 사장이었는데 스스로 팬클럽을 만들 정도로 강태산의 광팬이었다.

"여러분, 아직 오지 못한 분도 계시겠지만 지금부터 입장을 시작하겠습니다. 늦게 오신 분들도 분명 우리가 들고 있는 태극기를 보면 합류하시겠죠. 오늘 우리 미친 듯이 응원해 보는 겁니다. 좋습니까?"

"좋습니다!"

\*　　　　\*　　　　\*

아침에 강태산을 찾아온 김 관장의 얼굴은 거의 사색으로 변해 있었다.

얼마나 긴장을 했는지 그는 얼굴이 붉어진 채 입이 잔뜩 마른 상태였다.

강태산은 책을 보고 있었는데 김 관장이 들어오자 슬쩍 책을 덮었다.

"관장님, 물 한 모금 마셔요."

"그래, 줘라. 금방 마셨는데도 계속해서 목이 마르네."

"긴장되십니까?"

"그럼 안 되냐? 그러고 보면 넌 참 신기한 놈이야."

"왜요?"

"이 마당에 책이 눈에 들어와?"

"책은 마음의 양식이라고 하잖습니까."

"음… 우리 아들 만덕이는 예전에 보니까 잠잘 때만 책 보더라. 숙면을 위해서는 반드시 필요하다면서."

"아버지!"

"귀청 떨어져, 인마. 넌 소리 지를 때 좀 떨어지면 안 되냐?"

김만덕이 옆에서 두 사람의 대화를 듣다가 신경질을 냈다. 하지만 김 관장은 오히려 김만덕을 향해 눈을 부라리며 주먹을 들어올렸다.

그러자, 김만덕이 슬그머니 뒤로 물러나며 투덜거렸다.

"아버지, 그런 건 비밀인데 웬만해서는 말하지 맙시다."

"태산이가 책보는 거 보니까 나도 모르게 나온 거야. 절대 네가 미워서 그런 건 아니니까 오해는 마라."

"저 형이 어디 정상적인 사람입니까. 좋은 대학 나왔다면서 계속 책이나 읽을 것이지 왜 격투기를 하는지 몰라."

"그러게 말이다. 그건 나도 좀 이상해."

하긴 맞는 말이다.

어느 학교를 나왔는지 말한 건 아니지만 강태산은 스스로 전자공학을 전공했다고 하면서 명문대를 나왔다는 말까지 했으니 말이다.

더군다나 생긴 것만 봐도 그렇다.

강태산 정도의 얼굴이라면 격투기가 아니라 뭘 하든 잘 먹고 잘 살았을 것이다.

하지만, 강태산은 두 사람이 투닥거리는 걸 들으며 뻔뻔한 표정을 만들었다.

"관장님은 봉을 잡아놓고 그런 말씀을 하면 안 되죠."

"무슨 봉?"

"제가 돈 벌게 해드리고 있잖습니까."

"얼씨구, 인마. 내가 몇 번이나 말해? 난 돈 싫다니까!"

"거짓말하지 마세요. 빚 깔아놓은 거 제 덕분에 다 정리해 놓고 이제 와서 오리발을 내미세요?"

"야, 지금 내 얼굴을 봐라. 이게 어디 사람 얼굴이냐. 나 이러다가 얼마 못 살지도 몰라."

"대충 적응될 때도 됐잖아요."

"나도 그랬으면 좋겠다. 그런데 널 맡고 나서는 그게 안 돼. 시간이 갈수록 미친 짓을 해대니 간이 점점 오그라들어."

무슨 말인지 알기에 강태산은 그저 빙그레 웃을 수밖에 없었다.

아마, 김 관장이 아니라 국내 최대의 매니지먼트를 운영하는 투혼 팀의 대표라도 강태산을 맡았더라면 늘 긴장을 놓지 못한 채 살았을 것이다.

그것도 극적인 대전을 성사시켜 사람의 애간장을 바짝바짝 태운 후 쉴 새 없는 난타전을 통해 승리를 이어나가는 강태산은 정말 관리하기가 힘든 선수였다.

더군다나 한 게임 한 게임이 명승부가 아닌 적이 없었고 갈수록 강한 자들을 상대하며 언론의 이목을 단숨에 끌어모았으니 김 관장에게는 하루하루가 긴장된 나날이었다.

그걸 알기에 강태산은 김 관장을 향해 부드럽게 입을 열었다.

"그동안 잘해오셨어요. 그리고 앞으로도 잘해내실 겁니다."

"긴장 안 되냐?"

"한두 번 해봅니까."

"세계 타이틀전이다. 인마!"

"긴장한다고 잘 싸우는 건 아니잖아요."

"하여간, 너는 심장이 강철로 만들어진 모양이다."

"이제 슬슬 갈 때가 되지 않았나요?"

"가야지, 만덕아 준비 다 됐냐?"

"그럼요. 짐 다 챙겨놨습니다."

"톰슨이 리무진을 보냈더라. 가든까지는 20분 정도 걸린다니까 이제 나가자."

JYN의 국장 서경석은 아침부터 정신이 없었다.

현지에는 중계 팀과 특집 방송으로 준비한 '대단한 도전' 팀이 동시에 들와와 있었기 때문에 신경 쓸 일이 한두 가지가 아니었다.

그는 아침 7시에 메디슨 스퀘어가든에 도착해서 두 팀의 PD들과 함께 중계와 제작에 관한 회의를 쉴 새 없이 하고 있었다.

중계석에 잠깐 갔었던 나인환 PD가 부랴부랴 뛰어오는 것을 확인한 현동헌의 이맛살이 슬쩍 찌푸려졌다.

그는 '대단한 도전'의 현동헌 PD와 함께 오늘의 일정과 차후 강태산의 섭외에 대해서 논의를 하고 있었는데 나인환이 급하게 다가오는 것을 보며 소리부터 높였다.

중계를 맡은 PD가 저리 급하게 뛰어온다는 건 결코 좋은 일이 아니라고 생각했기 때문이었다.

"무슨 일이야?"

"국장님, 강태산이 호텔을 나섰답니다."

"출발했다고!"

"5분 되었답니다."

"촬영 팀은?"

"지금 강태산이 탄 차량을 뒤따라서 움직이고 있는 중입니다."

"호텔에서 나오는 거 찍었지?"

"방문을 나설 때부터 찍었답니다. 김숙영이 그런 건 철두철미하게 하잖습니까."

"좋아. 여기까지 얼마나 걸려?"

"20분 걸립니다. 이제 도착하려면 10여 분 남았을 겁니다."

"현 PD 팀은 지금 응원단 쪽 계속해서 찍고 있나?"

"예, 김기동과 멤버들이 출연한 연예인들과 함께 사전 응원하는 장면을 찍고 있습니다."

"한 팀만 빼."

"무슨 말씀입니까?"

"촬영 팀을 하나 빼서 가든 정문으로 보내란 말이야."

"촬영 팀만 보내면 됩니까?"

"아니, 김기동이 김가을과 서유경을 데리고 나가. 그래서 들어오는 강태산과 그림을 맞춰봐."

"이상하게 생각할지 모릅니다."

"안 가겠다고 하면 머리끄덩이라도 끌고 가란 말이야. 현 PD, 이거 장난 아니다."

"알겠습니다."

"나 PD는 중계석 쪽으로 가. 나와 현 PD는 정문 쪽으로 나가볼 테니까."

지시를 받은 나인환이 급히 자리를 뜨는 것과 동시에 서인석도 자리를 박차고 일어났다.

그러자, 현동헌이 백 미터 달리기 선수처럼 응원단이 있는 쪽을 향해 뛰어갔다.

그는 촬영 팀과 연예인들을 데리고 다시 정문으로 와야 했기 때문에 발에 땀이 날 정도로 바쁘게 움직여야 했다.

서경석이 정문으로 나간 후 얼마 지나지 않아 현동헌이 김기동과 두 여배우를 뒤에 매달고 나타났다.

촬영 팀은 정문으로 나오자마자 세팅을 하느라 정신이 없었지만 김기동은 서경석의 눈치를 보면서 여배우들과 함께 지시를 기다렸다.

그런 그들을 서경석은 웃음으로 마중하면서 부드럽게 입을 열었다.

"기동 씨, 이 장면 중요해. 그러니까 자연스럽게 처리 좀 해 줘."

"알겠습니다."

"가을 씨하고 유경 씨도 최대한 편하게 대해주고."

"그럴게요."

두 여배우가 고개를 살짝 숙여 대답을 하자 서경석의 입술 끝이 조금 더 올라갔다.

요물들이다.

최대한 응원하기 편한 복장을 입고 있었지만 사람의 눈을 부시게 만들만큼 그녀들의 외모는 대단했다.

이제 오십이 훌쩍 넘은 그마저 그녀들을 볼 때마다 가슴이 벌렁거리니 젊은 놈들이 입에 거품을 무는 건 당연한 일이다.

시간이 얼마나 흘렀을까.

드디어 검은색 리무진이 정문을 향해 천천히 다가오더니 강태산이 나타났다.

강태산은 자신을 향해 쏟아지는 카메라의 조명과 사진기의 플래시를 온몸으로 맞으며 천천히 차에서 내렸다.

차분하게 가라앉은 눈.

그의 눈은 지금 자신을 향해 연호하고 있는 기자들의 목소리에 아무런 반응을 보이지 않았다.

동시에 내린 김만덕이 기자들로 가로막힌 길을 열었고 그 뒤를 강태산이 따랐다.

서경석이 눈짓으로 현동헌을 향해 사인을 보내자 그가 김가을과 서유경을 대동하고 기자들을 뚫으며 들어오는 강태산의 길을 가로막았다.

"강태산 선수, 오늘 반드시 이겨주십시오."

"비켜주시겠습니까. 옥타곤으로 들어가는 길입니다. PD님은 전쟁터에 나가는 전사의 앞길을 여자가 막으면 어떻게 되는지 못 들으신 모양이군요."

"아······."

현동헌이 강태산의 말을 듣고 얼굴이 허옇게 변하며 서경석을 바라보았다.

강태산의 반응이 너무나 차가웠기 때문이었다.

뒤에 서 있던 김가을과 서유경의 미소 짓던 얼굴도 강태산의 한마디를 들은 후 순식간에 굳어졌다.

서경석이 급히 고갯짓으로 비켜주라는 지시를 내린 것은 기자들이 벌떼처럼 달려드는 걸 확인한 후였다.

강태산이 지나가자 이를 악물고 있던 그의 얼굴에서 검은색 쓴웃음이 떠올랐다.

듣던 대로 정말 성격 하나는 끝내주는 놈이다.

그저 보는 것만으로도 심장이 덜컥 떨어지게 만드는 미인들을 앞에 두고 저런 언행을 할 수 있다는 건 김가을과 서유경을 안중에 두지 않는다는 뜻이기도 했다.


강태산이 시합 시작 1시간 전에 도착하는 장면이 화면으로 들어오자 생중계를 하던 김세형의 목소리가 바짝 올라갔다.

JYN에서 이번 경기에 사활을 걸고 있는 것은 오직 강태산 때문이지, 지금 옥타곤에서 경기를 벌이고 있는 헤비급 경기 때문이 아니었다.

"아, 지금 강태산 선수가 라커로 입장하고 있습니다. 강태산 선수, 차분한 모습입니다."

"그렇군요. 얼굴에 윤이 나는 게 컨디션이 좋은 것 같아 보입니다."

해설을 맡고 있는 신치현이 맞장구를 쳐주자 김세형이 즉시 말을 이었다.

두 사람은 오랜 격투기 중계로 호흡을 맞춰왔기 때문에 상대의 의중을 너무나 잘 안다.

"맥도웰 선수보다 30분이나 늦게 왔는데 괜찮을까요?"

"시합 장소에 누가 먼저 왔느냐는 중요하지 않습니다. 시합의 승패는 그동안 누가 상대의 약점을 치밀하게 연구했고 얼마나 열심히 훈련했는가에 달려 있는 거죠."

"혹시, 신 위원님은 강태산 선수가 어떤 훈련을 했는지 아십니까?"

"저는 강태산 선수가 만덕체육관에서 훈련하는 장면을 지켜봤습니다. 제가 걱정되는 건 강 선수가 맥도웰을 맞이해서 어떤 전략적 변화도 보이지 않았다는 것입니다."

"그렇다면 공언한 대로 특유의 인파이팅을 버리지 않는다는 뜻이군요."

"그건 지켜봐야 될 것 같습니다. 현대의 격투기 시합은 전략적인 운용이 상당 부분 승패를 가르는 경우가 많습니다. 우리도 모르게 다른 전략을 수립했을 수도 있습니다."

"경기가 시작되어 봐야 확실하게 알 수 있다는 뜻입니까?"

"그렇습니다."

그들이 말하는 사이 강태산의 모습이 화면에서 사라졌다.

라커 룸에 들어가면서 경호원들이 카메라의 촬영을 가로막았기 때문에 화면에는 헤비급의 랭킹전이 다시 플레이되기 시작했다.

"말씀드리는 순간. 라이트를 맞은 매니 홀 선수, 크림슨 선수의 허리를 붙잡고 늘어집니다. 아, 홀 선수 위긴데요."

"다행이군요. 크림슨 선수가 뒤로 급히 물러납니다. 아무래도 홀 선수의 그라운드 기술이 대단하기 때문에 접근전을 피하는 것 같습니다."

노련하게 신치현이 강태산으로 인해 잠시 중단되었던 경기에 집중하며 멘트를 이어나갔다.

냉정한 모습.

언제 어느 때라도 상황에 따라 김세형과 신치현은 방송을 최우선하는 베테랑들이다.

지금 옥타곤에서는 위기에 처했던 매니 홀이 계속해서 테이크다운을 노리고 있었는데 크림슨은 철망에서 벗어나기 위해 몸부림을 치는 중이었다.


*　　　*　　　*


"정말 안 갈 거야?"

"여보, 미안해. 오늘만 봐주라."

"격투기가 밥 먹여주냐? 아들 입학한다고 내려간다는데 아버지란 사람이 정말 뭐하는 짓인지 모르겠네!"

황금숙이 눈을 부라리며 노려보자 김윤석의 고개가 밑으로 떨어졌다.

텔레비전에서는 헤비급의 경기가 벌어지고 있었는데 차마 마누라의 무서운 시선을 버티면서까지 뻔뻔하게 중계방송을 볼 수는 없었다.

아들은 지방대학에 합격해서 오늘 청주로 내려간다.

집주인과 월세 계약을 3시에 하기로 약속했기 때문에 지금 반드시 떠나지 않으면 약속에 늦을 것이다.

하지만, 김윤석은 갈 수가 없었다.

강태산의 시합이 1시간 후면 벌어지는데 가긴 어딜 간단 말인가.

마누라의 눈이 독사처럼 변했어도 그는 절대 간다는 소리를 하지 않았다.

'그러기에 미리 운전면허증을 따놨으면 얼마나 좋아.'

고개가 떨어졌지만 김윤석의 머릿속에는 오직 그 생각만 떠올랐다.

힘들긴 할 것이다.

고속버스를 타고 내려가 택시를 잡아탄 후 부동산까지 가려면 그 여정이 결코 쉽지는 않겠지.

그러나 마누라의 화가 머리끝까지 치솟은 건 그런 것 때문이 아니란 걸 너무나 잘 안다.

떠나는 아들.

이젠 주말이나 되어야 집으로 돌아올 테니 처음으로 아들과 이별을 하는 순간이다.

마누라가 신경질을 내는 것은 아들과의 아쉬운 이별을 해야 하는 그녀를 자신이 위로해 주길 바라서일 것이다.

"엄마, 아빠한테 자꾸 화내지 마. 아빠가 가장 좋아하시는 거잖아."

문 앞에서 기다리던 아들이 황금숙을 말렸다.

착한 놈.

공부는 잘 못 했지만 성격 하나만큼은 나무랄 데가 없다.

그가 고개를 외로 꼬고 절대 일어날 기색을 보이지 않자 황금숙이 다시 한 번 눈을 부릅뜬 후 대문을 나섰다.

그녀의 뒷모습은 찬바람이 쌩쌩 불 지경이었다.

그녀가 떠난 후 얼마가 되었을까.

아파트 문이 슬그머니 열리면서 김환석이 나타났다.

그는 마치 도둑질을 하기 위해 온 것처럼 사방을 경계하면서 들어왔는데 그 모습이 우스꽝스러웠다.

"왜 이제 와?"

"나까지 죽을 수는 없잖아."

"지랄, 형제의 우의라고는 눈곱만치도 없는 놈이야, 넌!"

"형, 형수님의 압박이 심했을 텐데 장하시오."

"맥주는?"

"그거야 당연히 사 왔지."

"막상 달랑 둘만 보내놓고 나니까 미안하네……."

"그럼 같이 가지 그랬어."

"강태산이 한 시간 후에 시합하는데 가긴 어딜 가? 내 목숨이 붙어 있는 한 그렇게는 못 해. 아들놈이 죽으러 가는 것도 아니잖아."

"대단하세요."

"야, 입장 바꿔놓고 생각해 봐라. 너 같으면 가겠냐?"

"그거야… 당연히 못 가지."

*　　　　　*　　　　　*

　라커 룸에 들어온 강태산은 유니폼으로 갈아입은 후 천천히 몸을 풀기 시작했다.

　그의 셔츠와 트렁크에는 여전히 만덕체육관의 로고가 선명하게 새겨져 있었다.

　하지만 그것뿐, 다른 어떤 광고도 없다.

　수없이 많은 광고 제의가 들어왔지만 강태산이 완강하게 거부했기 때문이었다.

　가볍게 섀도복싱을 하는 장면을 UFC의 주관사인 폭스스포츠 카메라가 찍었다.

　폭스스포츠는 JYN을 비롯해서 다른 나라의 방송사는 라커에 들어오지 못하게 만든 후 자신들만 강태산의 준비 과정을 송출하고 있었다.

　아마, 그것은 맥도웰의 라커 룸도 마찬가지일 것이다.

　시간은 더디게 흘러갔다.

　옥타곤에서는 계속해서 시합이 이어졌고 지겨운 행사들이 반복되는 중이었다.

　드디어 매인매치 전에 벌어지던 페더급 타이틀 도전권이 걸린 경기마저 끝이 나자 특설링을 가득 메웠던 관중들이 술렁거리는 소리가 라커 룸까지 들려왔다.

"태산아, 이기자!"

"이길 겁니다."

"형, 맥도웰이 강한 놈이라는 건 우리 잊자. 씨발, 그놈이 강해봤자 얼마나 강하겠어. KO율로 따지면 형이 훨씬 쎄!"

김 관장과 김만덕은 마지막 경기까지 끝나자 입이 타들어가는지 자신들도 모르게 소리를 질러댔다.

그 모습을 보면서 강태산은 좌우로 고개를 꺾으며 미소를 지었다.

그러자 이미 얼굴이 허옇게 변한 김 관장이 강태산의 얼굴을 붙잡았다.

"태산아, 제발 부탁이다. 장렬하게 쓰러지는 것보다 더 중요한 것은 국민들의 성원을 저버리지 않는 거야. 너도 봤잖냐. 너를 응원하기 위해 태극기를 두르고 여기까지 온 사람들 말이다. 그 사람들뿐만이 아냐. 지금 대한민국에서는 수없이 많은 사람들이 네 경기를 기다리고 있어."

"무슨 말인지 압니다."

"그러니까 제발……."

"하지만 관장님, 사람들은 제가 도망치다가 지는 것 또한 원하지 않을 겁니다."

"이놈아, 맥도웰한테 맞아서 병신 된 놈이 셋이나 된다. 절대… 미친 짓은 하지 말란 얘기야!"

"물이나 주세요."

"태산아!"

"관장님, 난 여기에 죽으러 온 거 아닙니다. 병신이 되려고 온 것도 아니고요. 그러니 걱정하지 마세요."

강태산의 태연한 모습에 김 관장이 뭐라 다시 소리를 지르려 할 때 문이 열리며 검은색 셔츠를 입은 스태프들이 준비 사인을 알려왔다.

문이 열리자 기대에 가득 찬 관중들의 함성이 몇 배나 증폭되며 천둥처럼 들렸다.

김 관장의 걱정 어린 얼굴이 마치 시체처럼 창백하게 보였다.

그는 오랫동안 강태산을 봐오면서 그의 성격이 어떤지 겪어온 사람이었다.

강태산은 어떤 경우라도 포기하지 않는다.

몸이 부서지는 한이 있더라도.

그랬기에 김 관장의 가슴속에는 한없는 불안감과 걱정이 끝없이 솟아나고 있었다.

UFC를 대표하는 하드펀처 맥도웰.

과연 강태산은 그의 펀치를 얼마나 견뎌낼 수 있을까.

불안감과 초조.

강태산의 뒤를 따르는 김 관장과 김만덕의 얼굴은 온통 수

심으로 가득 차 있었다.

훈련을 했다지만 맥도웰의 강력한 펀치에 대항하는 전략을 세우지 못한 채 시합을 맞이했다.

오직 때려 부순다는 강태산의 고집 때문에 다른 훈련을 한다는 건 엄두조차 내지 못했기 때문이었다.

굳게 닫힌 게이트의 뒤에까지 걸어가서 서자 장내 아나운서의 카랑카랑한 목소리가 뿜어져 나오는 것이 들렸다.

그는 관중들의 함성을 더욱 키우기 위해선지 두 선수의 특징들을 소개하며 강렬한 오프닝 멘트를 하고 있었다.

드디어 메디슨 스퀘어가든의 모든 불이 꺼지면서 강태산의 입장을 알리는 장내 아나운서의 목소리가 울려 퍼지자 스태프들이 굳게 닫혀 있던 게이트의 문을 열었다.

게이트를 통해 들어온 서치라이트가 강태산의 온몸을 비췄다.

그와 동시에 거대한 메디슨 스퀘어가든에 강태산의 출정가인 아리랑이 울려 퍼지기 시작했다.

강태산은 천천히 걸어 붉은 주단이 깔린 진입로를 걸어 들어갔다.

진입로의 양쪽에 있던 관중들의 미친 듯한 환호를 받으면서 강태산은 눈을 감았다가 떴다.

아리랑의 음악이 이상해서 주변을 바라보자 동쪽 스탠드를 태극기로 메운 응원단이 우렁찬 목소리로 노래를 따라 부르는 게 보였다.

그들을 바라보자 자신도 모르게 마음이 차분하게 가라앉았다.

자신을 응원하는 사람들.

저 사람들의 눈빛이 뜨거운 것은 강태산이 오직 대한민국 사람이라는 이유 때문이었다.

같은 땅, 같은 하늘 아래에서 산다는 이유만으로 그들은 이역만리까지 날아와 저렇게 목이 터져라 자신을 응원하고 있었다.

청룡의 수장이 될 때 누군가가 자신에게 물었다.

왜 이렇게 고단한 삶을 살아가느냐고.

무슨 이유 때문에 당신 같은 사람이 언제 죽을지 모르는 위험한 임무를 하는가에 대해서 말이다.

그때 강태산은 빙그레 웃으며 이렇게 대답했다.


"나는 대한민국 사람입니다. 그렇기에 조국을 위해 싸울 뿐입니다."

"대한민국이 당신에게 아무것도 해주는 게 없어도 말인가?"

"그렇다 해도 내 조국이 바뀌지 않습니다. 내 조국은 오직 하나 대한민국밖에 없습니다."

아리랑의 노래는 그가 옥타곤으로 걸어갈수록 점점 커지다가 링으로 올라서자 거짓말처럼 멈추었다.

대신 옥타곤에 올라 주먹을 불끈 쥐어 올린 강태산을 향해 관중들의 폭탄 같은 함성이 피어올랐다.

# 제3장

# 세계 타이틀전 VS 맥도웰 II

김세형은 페더급 경기가 판정으로 끝나면서 관중들의 함성이 점점 커지자 물부터 찾았다.

JYN의 광고 판매는 엄청난 금액으로 매진된 상태였기 때문에 시시때때로 광고를 내보내야 하는 상황이었다.

"신 위원, 마실래?"

"그래, 줘. 목이 탄다."

김세형이 물병을 넘겨주자 신치현이 벌컥벌컥 물을 들이켰다.

목이 타는 이유는 오직 하나, 이제 강태산의 경기가 곧 시작되기 때문이었다.

본국에서 날아온 실시간 시청률 현황은 아직 강태산의 경기가 시작되지 않았음에도 벌써 29%를 넘어서고 있었다.

막상 경기가 시작되면 30%를 넘는 건 이제 일도 아니었다.

"강태산의 인기가 정말 대단해. 시청률이 이 정도까지 나오다니 상상도 못 한 일이야."

"나는 저놈이 사고를 칠 줄 알았어. 만약 강태산이 이번 경기를 잡으면 완전 대박이다."

"이길까?"

"힘들겠지만 이기기를 바라야지. 강태산이 이기면 우리 방송국은 앞으로 3달 동안은 강태산 효과를 톡톡히 볼 수 있을 거야. 일주일에 한두 번 하는 드라마 미니시리즈하고는 비교가 안 된단 말이지."

"신 위원도 오랫동안 방송하더니 이제 전문가 뺨치는구만."

"내가 강아지보다는 아이큐가 좋잖아."

"그나저나 저 태극기 물결 봐라. 내가 다 소름이 끼친다."

"정말 대단한 사람들이야. 격투기를 응원하기 위해 미국까지 날아오다니, 하여간 우리나라 사람들 열성은 알아줘야 해."

신치현이 다시 한 번 물병을 들어 물을 마시는 순간 광고가 끝났다는 사인이 들어왔다.

그러자 김세형이 즉시 자세를 가다듬고 멘트를 시작했다.

"전국의 시청자 여러분, 곧 강태산 선수와 무적의 챔피언 맥도웰 선수의 라이트급 세계 타이틀매치가 벌어집니다. 지금 이곳 메디슨 스퀘어가든은 보시는 것처럼 열광 속에 빠져들고 있습니다. 신 위원님, UFC에서 판매한 유료 방송 PPV가 결국 700백만 건을 넘었다는 소식입니다. 두 선수의 대결이 엄청난 관심 속에 있다는 증거 아니겠습니까?"

"현재 PPV의 시청료는 20달러 수준으로 알고 있습니다. 단순 계산해도 1억 4,000만 달러입니다. 그야말로 천문학적인 돈을 UFC 측은 벌어들이게 됩니다."

"이 경기가 이 정도로 인기를 끄는 이유는 뭘까요?"

"일단 챔피언 맥도웰은 무적의 챔피언으로 옥타곤의 도살자라는 별명을 지닌 선수입니다. 그의 화끈한 인파이팅은 예전부터 관중들에게 커다란 인기를 얻고 있었습니다. 거기에 상대가 강태산 선수라는 것이 대단한 시너지 효과를 불러일으킨 것으로 생각됩니다. 강태산 선수는 현재 15전 15KO승을 기록하고 있잖습니까. 더군다나 맥도웰보다 훨씬 치열한 인파이팅을 구사하는 파이터로서 UFC에 들어와 4번의 경기를 모두 오늘의 파이트로 선정하게 만든 장본인입니다. 관중들이나 팬들이 열광할 수 있는 조건들을 모두 갖추고 있는 셈입니다."

"그렇군요. 아, 말씀드리는 순간 장내 아나운서의 멘트가 이어집니다. 강태산 선수와 맥도웰의 경기가 시작된다는 이야기를 하고 있습니다. 목소리가 무척 날이 서 있군요. 아나운서도 무척 긴장한 모습입니다."

"그만큼 이 경기가 중요하다는 뜻이겠지요."

그때 화면이 바뀌면서 관중석을 비췄다.

VVIP석을 비춘 화면에는 할리우드의 톱스타들이 자리를 하고 있었는데 그중에는 '뉴욕의 가을'에 출연했던 제니퍼 스완과 '마지막 인터셉터'에서 여주인공으로 나왔던 그레이스가 포함되어 있었다.

그뿐만이 아니었다.

현재 빌보드 음원 차트에서 5주 연속 1위에 올라 있는 그런트와 미식축구 스타 저스틴 등 수많은 스타들의 모습이 보였다.

"대단한 스타들이 대거 모습을 드러냈군요. 저런 스타들을 이곳에서 볼 수 있다니 정말 영광입니다."

"그레이스는 미의 여신이라고 불리는 배우죠. 정말 아름답습니다."

김세형의 말을 신치현이 받았다.

그의 말대로 그레이스는 현재 전 세계에서 가장 아름다운 여인으로 꼽힐 만큼 완벽한 미모를 자랑하는 톱스타였다.

김세형이 뭔가를 더 이야기하지 못한 것은 상황이 바뀌었기 때문이었다.

컴컴한 어둠.

순식간에 장내를 암흑 속으로 몰아넣은 소등은 왈칵 그의 심장을 긴장 속으로 몰아넣었다.

"불이 모두 꺼졌습니다. 강태산 선수의 모습이 보입니다. 강태산 선수 드디어 옥타곤을 향해 걸어 나오고 있습니다. 자랑스러운 모습. 대한민국의 건아. 팔부신장의 하나 중 야차라는 이름을 가진 대한민국의 전사가 당당하게 옥타곤을 향해 다가오고 있습니다."

"보는 것만으로도 소름이 끼칩니다. 강태산 선수의 출정가 아리랑이 오늘따라 더욱 크게 들립니다."

신치현의 말이 떨어지자 화면이 미친 듯이 태극기를 흔들며 아리랑을 따라 부르는 대한민국 응원단의 모습을 잡았다.

그러자 김세형이 사람들의 심장을 달궈놓기 위해선지 과장된 목소리를 여과 없이 뿜어냈다.

"태극기의 물결이 이곳 메디슨 스퀘어가든에 넘실거립니다. 응원단의 목소리가 마치 터질 것처럼 장내를 가득 덮고 있습니다. 강태산 선수, 응원단을 향해 주먹을 불끈 쥐어 보입니다."

"자신 있는 모습입니다. 아주 보기 좋습니다."

"아, 벌써부터 긴장이 되는데요. 강태산 선수 잘 싸워줬으면 좋겠습니다."

김세형이 긴장된 얼굴로 자신의 손을 허벅지에 대고 문질렀다.

그의 손은 이미 땀으로 축축하게 젖어 있었기 때문이었다.

그것은 신치현도 마찬가지였는지 김세형이 멘트하는 순간 총알같이 옆에 있던 물병을 들어 입안을 헹궜다.

긴장으로 인해 입이 바짝 말랐던 것이다.

"강태산 선수, 옥타곤에 올라와 손을 번쩍 치켜듭니다. 여전히 자신감 있는 모습입니다."

"훈련을 게을리하지 않은 것이 몸으로 나타납니다. 강태산 선수의 몸은 정말 훌륭합니다."

"그렇습니다. 복근이 살아 움직이는 것처럼 보입니다. 저 정도로 완벽한 몸매를 갖추려면 얼마나 피나는 노력을 했을까요?"

"격투기 선수가 저 정도의 피지컬을 가진다는 건 수없이 많은 훈련을 했을 때 가능한 것입니다. 일반 보디빌더들과는 근본적으로 다르다는 이야깁니다."

"강태산 선수는 국내는 물론이고 세계적으로 대단한 여성 팬들을 보유한 것으로 알려져 있습니다. 잘생긴 외모는 물론이고 절대 물러서지 않는 투혼까지 여성 팬들이 좋아하는 모든 것을 가지고 있는 것 같습니다."

"남자인 저도 매력적으로 보이는데 여자들은 오죽하겠습니까. 강태산 선수, 이제 몸을 풀어야 합니다. 저렇게 서 있는 것보다는 가볍게 섀도복싱을 해서 경직된 몸을 푸는 게 좋겠습니다."

"말씀드리는 순간, 서쪽 게이트를 통해 챔피언 맥도웰이 등장하고 있습니다. 무적의 챔피언 맥도웰, 그의 트레이드마크인 에미넴의 모시가 깔리면서 맥도웰 선수가 당당한 걸음으로 옥타곤을 향해 들어오고 있습니다."

"강렬한 사운드를 가진 곡입니다. 마치 상대방의 심장을 갉아먹을 것 같은 비장함이 맥도웰 선수의 강력함과 더없이 잘 어울리는 음악입니다."

"맥도웰 선수가 나타나자 관중들이 전부 일어나고 있습니다. 미국을 대표하는 강타자, 옥타곤의 도살자 맥도웰을 미국 관중들이 모두 일어나 마중합니다."


"저 새끼들 전부 미친놈들 같네."

도민우가 자신도 모르게 광적인 모습으로 맥도웰을 향해 환성을 내지르는 미국 관중들을 보며 눈을 부릅떴다.

그러자 옆에 있던 김현성이 이를 악물었다.

"형, 저런 놈들 신경 쓸 필요 없어. 우리는 우리대로 강태산을 응원하면 돼. 맥도웰이 쓰러지면 저놈들의 입은 단숨에 닫

히게 될 거야."

김현성은 요즘 최고의 인기를 구가하는 인기 가수로서 도민우와 함께 격투기 광팬으로 알려진 대표적인 연예인 중의 한 명이었다.

"귀가 먹먹할 지경이다. 아, 강태산이 이겨줘야 할 텐데."

"이길 거야. 반드시."

김현성이 주먹을 불끈 쥔 채 옥타곤을 노려봤다.

그는 강태산이 출전한 이후부터 주먹을 풀지 못하고 있었는데 잔뜩 긴장한 모습이었다.


서유경이 슬쩍 옆에 있던 김가을에게 입을 연 것은 맥도웰이 옥타곤으로 올라왔을 때였다.

그녀는 얼굴에 태극기 문양을 새겨 넣고 있었는데 가슴 쪽에도 예쁘게 태극기를 둘러싼 모습이었다.

"가을아, 강태산 말이야, 어땠니?"

"뭐가?"

"첫 인상 어땠냐고?"

"잘 모르겠어. 한 번 봐서는 알 수 없잖아."

"첫 인상이 어땠냐고 물었지 내가 언제 저 사람한테 호감을 느꼈냐고 물었어?"

"잘생겼어. 화면보다 더 나은 것 같더라."

"그렇지?"

"그런데 그건 왜 물어?"

"이상해서. 저번에 텔레비전에서 봤을 때하고 또 달라. 뭔지 모르겠지만 그때보다 훨씬 매력적이야."

"시합에 출전하면서 표정이 변했기 때문이겠지."

김가을이 뭔가 생각하다가 그녀의 말에 대답했다.

하지만 영혼이 없는 대답이다.

그녀는 내내 강태산이 도착했을 때 그녀에게 보여주었던 차가운 얼굴과 말투에 대해서 고민하고 있는 중이었다.

그것은 서유경도 마음속에 품고 있는 것이었기에 다시 입을 여는 그녀의 얼굴도 편해 보이지 않았다.

"저 사람, 일부러 그런 걸까?"

"아까 한 말?"

"그래."

"긴장돼서 그런 거겠지."

"아냐, 괜히 마음에 걸려. 우리를 보고도 그런 말을 할 수 있다니 난 정말 놀랐어."

"그건 나도 마찬가지야."

"그런데 이상하게 그게 더 매력적으로 보여. 내가 정말 이상해진 모양이다."

"유경아, 그만해. 이제 곧 경기 시작할 것 같아."

"넌 저 사람 격투기 선수로 좋아해서 이곳까지 왔다고 했잖아. 만약, 저 사람 이번 경기에서 지면 어쩔 거야?"

"뭘 말이니?"

"그래도 저 사람 팬 계속할 거냐고?"

"너는 어떤데?"

"내가 먼저 물었잖아."

"그런 건 물어보는 사람이 먼저 이야기하는 거다."

"난 저 사람 져도 만나보고 싶어. 그래서 너한테 물어본 거야. 넌 어떤가 하고."

"사람은 살다 보면 한두 번 실패를 경험해. 너도 나도 그랬었잖아. 난 이미 비행기를 탈 때부터 그런 생각을 했었어. 난 강태산 선수 그 자체를 좋아해. 한 번 졌다고 좋아하는 마음을 버린다는 건 진정한 팬이 아냐."


맥도웰이 장내로 들어와 옥타곤으로 올라서자 관중들의 함성은 극에 달했다.

여전히 회색의 눈빛을 가진 전사.

그의 몸은 한 마리 맹수를 보는 것처럼 번질거리고 있었다.

강태산은 김만덕이 넘겨준 물병을 받아서 가볍게 입을 헹궜다.

메디슨 스퀘어가든을 메우고 있는 관중들의 함성도 그를

향해 열렬히 태극기를 흔들고 있는 응원단의 모습도 그의 눈에는 들어오지 않았다. 그의 눈은 오직 자신을 향해 회색빛 눈으로 오만하게 바라보는 맥도웰을 향하고 있을 뿐이었다.

"태산아, 와서 어깨 좀 풀자."

김 관장이 강태산의 어깨를 붙잡고 자신 쪽으로 끌어당겼다.

장내에서는 두 선수가 옥타곤에 올라오자 아나운서가 주요 인사들을 소개시키며 시간을 끌고 있는 중이었다.

김 관장은 강태산의 어깨를 열심히 주무르며 상대방의 코너 쪽을 바라보았다.

맥도웰의 코너에는 다섯 명의 전문 코치들이 마치 병풍처럼 늘어선 채 이쪽을 바라보고 있었다.

"조금 뭉친 것 같다. 긴장되냐?"

"긴장하지 않았습니다."

"그런데 왜 그래?"

"맥도웰의 눈이 마음에 들지 않아서요. 저놈을 보니까 싸우고 싶다는 생각이 간절해지는군요."

"너란 놈은 대체……."

입이 바짝 말라 있는 김 관장이 등을 대고 있는 강태산을 어이없다는 표정으로 바라보았다.

이런 상황에서조차 한 치의 두려움도 가지지 않는 강태산의 심장은 수없이 경험했지만 아직까지 쉽게 받아들여지지 않는다.

김만덕이 불쑥 입을 연 것은 장내 아나운서가 주요 내빈의 소개를 마치고 다음 순서를 위해 카드를 넘길 때였다.

"형, 나 장가 좀 가자."

"무슨 소리냐?"

"형이 이겨야 장가를 가. 그러니까 제발 좀 이겨줘."

"미친놈."

"그냥 하는 소리 아니다. 형한테 내 인생이 걸렸다고!"

"인마, 여자부터 구하고 그런 소릴 해."

"나 여자 있다. 형 모르게 만들었어."

"얼씨구."

"만덕아, 이놈아. 넌 이 상황에서 그런 소리가 나와? 넌 어째 상황 파악을 못 해!"

김 관장이 중간에서 끼어들며 신경질을 부렸다.

그러자 김만덕의 눈썹이 올라갔다.

"이래야 형이 긴장을 풀죠. 태산이 형은 내 농담을 좋아한다니까요."

두 부자가 투닥거리는 순간 장내 아나운서의 목청이 달라졌다.

드디어 그의 입에서 선수를 소개하는 멘트가 흘러나오고

있었다.

"신사 숙녀 여러분. 지금부터 선수 소개가 있겠습니다. 대한민국에서 날아온 투사. 15전 15KO승. 키 180㎝, 몸무게 70㎏. 치열한 인파이트로 상대를 무참히 쓰러뜨리는 선수입니다. 소개합니다. 야차, 강태산!"

아나운서의 소개에 맞춰 강태산이 옥타곤의 중앙으로 나갔다.

그런 후 맥도웰을 향해 눈을 맞춘 후 천천히 자신의 코너로 돌아왔다.

이어지는 아나운서의 카랑카랑한 목소리가 스퀘어가든을 뚫을 것처럼 흘러나왔다.

그의 목소리는 강태산을 소개할 때보다 훨씬 커져 있었다.

"23전 23승 20KO승. 키 178㎝, 몸무게 70㎏. 무적의 챔피언을 소개합니다. 나는 미국의 자존심이다. 내 사전에 패배란 존재하지 않는다. 소개합니다. 옥타곤의 도살자, 맥도웰!"

맥도웰을 소개하자 관중들의 함성이 폭탄처럼 터졌다.

태극기를 온몸에 두른 채 강태산을 응원하는 대한민국 응원단의 모습에 자극을 받았는지 메디슨 스퀘어가든을 가득 메운 관중들은 맥도웰이 호명되자 일방적인 성원을 보내주었다.

김만덕의 입이 불쑥 열린 것은 맥도웰이 옥타곤의 중앙까지 나와서 번쩍 팔을 치켜든 후 관중들을 향해 인사를 할 때였다.

"괜찮다. 저 새끼들 목소리 원래 크니까 신경 쓰지 마라."

"하긴 네 목소리가 더 크지."

강태산이 김만덕을 보며 웃었다.

놈은 나름대로 그의 기를 살려주기 위해 소리쳤는데 바로 귓가에 대고 목청을 키웠기 때문에 강태산에게는 관중들의 함성보다 김만덕의 목소리가 더 컸다.

맥도웰이 코너로 돌아가자 장내를 가득 메웠던 사람들이 옥타곤 밖으로 썰물처럼 빠져나갔고 심판이 대신 그 자리를 채웠다.

경기를 시작하기 위해 중앙으로 나온 심판은 양 선수를 불러 모았다.

간단한 경기 규칙과 반칙에 대한 주의 사항을 일러주기 위함이었다.

그러자 급해진 김만덕이 다시 한 번 소리를 쳤다.

"형, 나 정말 급하다. 꼭 장가 보내줘."

"걱정 마라. 보내줄 테니."

"인마, 쓸데없는 소리 작작해. 경기 나가는 애한테 무슨 소릴 하고 있는 거야. 태산아, 맥도웰 저놈은 왼손을 트릭으로 쓰는 경우가 많아. 그러니까 신경 바짝 써야 한다. 왼손을 내밀 때 절대 더킹을 하지 말란 말이야."

"알고 있습니다."

맥도웰의 특징 중 가장 큰 버릇은 왼손으로 잽을 날리는 척하면서 상대가 더킹을 할 때 강력한 오른손 어퍼컷을 날리는 것이었다.

김 관장은 그것을 잊지 말라고 다시 한 번 주문하면서 강태산을 따라 옥타곤의 중앙으로 걸어 나왔다.

강태산의 등을 바라보는 김 관장과 김만덕의 표정은 마치 아들을 전쟁터로 보내는 부모의 시선과 비슷했다.

무적의 챔피언을 꺾기 위해 나서는 강태산.

수많은 시간을 그와 함께 했던 두 부자는 강태산의 승리보다 그가 상처 없이 무사히 돌아오기를 간절히 기도하고 있었다.

강태산이 옥타곤의 중앙으로 나오자 반대쪽에서 맥도웰이 두 명의 코치진과 함께 다가오는 것이 보였다.

여전한 회색의 눈빛.

심판의 목소리는 하나도 들리지 않았다.

강태산은 오직 맥도웰의 회색 눈빛을 지그시 바라보며 시간을 보냈을 뿐이다.

양쪽 코너를 통해 세컨들이 빠져나가고 이제 옥타곤에는 심판과 두 명의 선수들만 남았다.

고개를 좌우로 꺾은 강태산은 심판이 칼로 내리긋듯 팔을 아래로 떨어뜨리자 빠르지도 느리지도 않은 걸음으로 링의 중앙으로 나가 맥도웰을 향해 팔을 내밀었다.

그러자 맥도웰이 가볍게 그의 손을 터치한 후 곧장 레프트 잽을 던져왔다.

초반부터 기선을 제압하겠다는 의지다.

맥도웰은 강한 잽으로 강태산이 링의 중앙에서 물러나는지 시험해 볼 생각인 것 같았다.

그러나 강태산은 한 발자국도 물러서지 않은 채 가볍게 고개를 젖혀 그의 잽을 피한 후 오히려 강한 라이트 스트레이트를 날렸다.

퍽.

비껴 맞았으나 맥도웰이 움찔하며 라이트 보디로 반격을 가해왔다.

왼손을 슬쩍 내린 커버링으로 옆구리를 막은 강태산의 라이트 훅이 다시 날아갔다.

반대로 맥도웰의 허점을 노린 공격.

맥도웰이 했던 것과 똑같은 패턴의 공격이다.

강태산의 보디 공격이 날아오자 맥도웰의 팔이 순식간에 내려왔다.

역시 방어 능력이 뛰어나다.

하지만, 강태산의 펀치는 거기서 그치지 않았다.

보디를 커버링하느라 내려왔던 왼쪽 손이 맥도웰의 오른팔을 따라 들어가며 라이트 보디를 때렸던 것이다.

맥도웰의 몸이 경직되는 게 느껴졌다.

보디는 정확하게 맞으면 강하지 않더라도 장기에 충격을 주기 때문에 몸이 굳어지는 현상이 벌어진다.

그 순간을 이용해서 강태산의 오른손이 본능적으로 올라갔다.

보디에 이은 어퍼컷.

어쩌면 이것은 격투기나 복싱 선수들에게는 교과서라고 불릴 만큼 완벽한 패턴 공격이다.

보디를 맞은 사람의 허리는 자신도 모르게 굽혀지기 때문에 어퍼컷만큼 효과적인 공격이 없다.

위잉.

회심의 일격이었으나 맥도웰의 허리는 내려오지 않았다.

대신 그의 레프트 훅이 순간적으로 강태산의 머리를 노렸다.

수많은 대전 경험을 가진 챔피언은 상대의 노림수와 반격까지 생각하며 경기를 이끄는 노련함이 몸에 배어 있었다.

순간적인 더킹.

레프트 훅이 빗나가자마자 강태산의 고개가 밑으로 내려오며 레프트 보디가 다시 한 번 뿜어졌다.

역에 역을 이용한 공격이다.

그 짧은 순간을 이용해서 강태산은 충격을 주었던 맥도웰의 오른쪽 보디를 노렸다.

양 선수의 주먹이 십여 차례나 뿜어져 나오며 순식간에 교환되었다.

설명은 길었으나 사람들이 느낀 시간은 불과 10여 초도 안된 순간에 벌어진 일이었다.

옥타곤의 중앙에서 두 선수는 황소들이 뿔을 맞대고 싸우는 것처럼 한 치도 물러서지 않았다.

시합 전부터 공언했던 것처럼 두 선수는 경기 시작과 동시에 불같은 인파이팅을 펼치며 관중들을 열광의 도가니로 몰아넣기 시작했다.

하지만 그것은 시작에 불과했다.

맥도웰의 방어선에 서서히 균열이 가기 시작한 것은 강태산의 왼쪽 잽이 얼굴에 적중되면서부터였다.

강태산은 화살 같은 레프트 잽을 적중시킨 후 곧바로 라이트 보디블로와 훅을 연사시켰다.

맥도웰은 머리가 돌아갔다가 제자리를 찾으며 양 훅을 구사했으나 강태산은 이미 한 발자국 옆으로 비켜난 상태였다.

강한 맷집.

완벽한 타이밍으로 맞은 건 아니었으나 맥도웰의 다리는 뒤로 물러서지 않았다.

좌측으로 틀었던 강태산의 오른쪽 니킥이 복부를 겨냥하고 날아갔다.

그런 후 몸통을 이용해서 맥도웰의 전신을 그대로 박았다.

물러나지 않으면 물러서게 만든다.

마치 바위처럼 단단한 맥도웰의 몸이 휘청이며 두 발자국 물러났다.

그대로 서서 밀었다면 같이 대응했겠지만 복부를 막느라 15도 각도로 몸이 비틀렸었기 때문에 맥도웰은 강태산이 몸으로 박아오자 버티지 못했다.

피지컬만 따진다면 강태산이 월등하게 좋다.

물러서는 맥도웰을 향해 강태산의 좌우 스트레이트가 번개같이 터졌다.

휘청.

맥도웰의 몸이 크게 흔들렸다.

이번 공격은 정확한 타이밍에 들어갔기 때문에 뒤로 물러서는 맥도웰의 눈은 당황함으로 물들었다.

자신의 펀치력은 충분히 강태산을 잡아먹을 수 있다고 자신했다.

강태산이 펼쳐왔던 경기들을 반복해서 돌려보았기 때문에

강태산의 펀치를 견딜 수 있을 거라 판단했던 것이다.

강태산과 상대했던 선수들은 수많은 펀치를 허용한 끝에 KO를 당했으니 맥도웰은 생각조차 하지 않고 인파이팅을 결심했다.

강태산 정도의 펀치력이라면 조금 손해를 보는 한이 있더라도 난타전이 벌였을 때 녹아웃으로 끝낼 자신이 있었다.

그러나 자신의 안면에 스트레이트가 정확하게 날아와 꽂히자 정신이 멍멍해질 정도의 충격이 왔다.

놈의 주먹은 마치 창처럼 날아와 그가 피할 새도 없이 타격된 후 회수되었는데 펀치에 맞자 별이 번쩍였다.

본능적으로 물러났다.

이런 충격을 받은 게 얼마 만이란 말인가.

UFC에 들어와 23회의 접전을 펼쳐왔으나 이 정도의 충격을 받은 적은 손가락으로 헤아릴 정도밖에 없었다.

그럼에도 그는 자신이 충격받았다는 사실을 숨기기 위해서 다가오는 강태산을 향해 예리한 로킥과 스트레이트의 콤비네이션을 때리며 우측으로 돌았다.

이대로 밀려나면 경기를 망칠 수 있기 때문에 뒤로 물러나는 건 자살행위나 다름없기 때문이다.


"원투 스트레이트. 강태산 선수의 예리한 펀치가 맥도웰의 안면에 적중되었습니다. 물러나는 맥도웰, 충격을 받은 것 같습니다."

"분명히 충격이 있는 것 같습니다. 그런데 맥도웰 선수, 대단하군요. 우측으로 빠지며 반격을 가해오고 있습니다. 조심해야 됩니다."

"불과 1분밖에 지나지 않았는데 관중들은 전부 일어나 있는 상탭니다. 두 선수, 전혀 물러서지 않고 펀치를 교환하고 있습니다. 말씀드리는 순간 강태산 선수 라이트 훅. 그러나 맥도웰 선수 더킹으로 피하며 좌우 복부를 노립니다. 치열합니다. 치열합니다. 두 선수 펀치를 내미는 숫자가 셀 수 없을 정돕니다."

김세형은 반쯤 자리에서 일어난 상태로 옥타곤에서 벌어지는 화면을 보며 미친 듯이 소리를 질렀다.

관중들의 함성보다 그가 중계하는 목소리가 훨씬 비장하고 강렬해서 마치 비명을 지르는 것처럼 들렸다.

그때 그와 비슷하게 엉덩이를 들고 있던 신치현이 마이크를 잡은 채 목소리를 높였다.

분위기는 캐스터나 해설자에게 모두 전염된 모양이다.

"피해야 합니다. 강태산 선수, 맥도웰의 라이트 훅을 조심해야 합니다. 어이쿠, 맞았습니다. 조심해야 합니다. 맥도웰의 펀치는 그 강도가 대단하기 때문에 충격이 큽니다. 강태산 선수,

펀치와 로킥을 섞어줬으면 좋겠습니다."

"두 선수 모두 그라운드는 전혀 생각하지 않는 것 같습니다. 말씀드리는 순간, 강태산 선수 레프트 잽, 아… 라이트 훅이 맥도웰의 커버링에 걸렸습니다. 아깝습니다."

"거리를 확보해야 됩니다. 강태산 선수는 맥도웰보다 신장과 리치가 길기 때문에 조금 떨어지는 게 좋겠습니다."

"작정한 것 같은데요. 조금도 물러서지 않습니다. 거리를 두고 싸우면 더 유리할 것으로 판단되는데 강태산 선수는 전혀 물러나지 않고 있습니다. 아, 말씀드리는 순간 래프트 잽에 이은 맥도웰의 라이트 어퍼컷, 피했습니다. 강태산 선수 우측으로 돌아 나가며 피했습니다. 저건 맥도웰 선수의 전매특허인데 강태산 선수가 잘 피하지 않았습니까?"

"그렇습니다. 아마, 훈련이 되었던 것 같습니다."

"강태산 선수의 경기를 지금까지 계속 봐왔고 중계도 했지만 이번 경기는 정말 피를 말리는 것 같습니다. 마치 둘 중 하나가 쓰러질 때까지 싸우겠다는 의지가 두 선수의 주먹에서 느껴지는군요. 악… 강태산 선수, 맞았습니다. 다가서는 맥도웰 선수. 강태산 선수, 후퇴합니다. 맥도웰의 좌, 우 스트레이트. 하지만 강태산 선수 연타는 허용하지 않습니다. 위빙으로 피하며 돌아 나가는 강태산 선수. 다행입니다. 충격은 받은 것 같지 않습니다."

"지금까지 두 선수가 뻗은 펀치 숫자가 자막에서 나오고 있습니다. 무려 백여 회가 나왔군요. 이건 완전히 전쟁이나 다름없습니다."

"맥도웰의 로킥, 강태산 선수, 방어를 합니다. 이번에는 강태산 선수의 러시. 라이트 훅 연타, 레프트 보디. 맥도웰 선수 역시 방어력이 좋습니다. 정타를 허용하지 않고 있습니다."

"지체 없이 반격을 가해오는군요. 강태산 선수의 공격에 대한 해법을 찾은 모양입니다. 초반 강타를 잠깐 허용했지만 시간이 지나자 오히려 맥도웰이 강태산을 압박하고 있습니다."

강태산이 맥도웰의 펀치를 방어하느라 좌우측으로 몸을 틀면서 버티는 걸 보면서 김세형과 신치현의 얼굴이 어두워졌다.

시간이 지날수록 맥도웰의 펀치가 강태산의 얼굴과 복부에 작렬하기 시작했던 것이다.

이제 시간은 2분이 지났고 1라운드가 끝나려면 아직도 3분이 남았다.

그들은 시간이 빨리 지나가기를 기다렸다.

라운드가 지날수록 후반에 약한 모습을 보였던 맥도웰을 강태산이 잡을 수 있다는 전문가들의 공통된 의견이 있었기 때문이었다.

하지만, 맥도웰의 강공은 끝없이 지속되고 있었다.

그러던 한순간.

화면을 지켜보던 김세형의 목소리가 비명처럼 터졌다.

"맞았습니다. 맥도웰 선수, 강태산의 라이트 스트레이트에 걸렸습니다. 주춤 물러서는 맥도웰. 강태산 선수, 따라 들어갑니다."

강태산은 자신의 라이트 스트레이트에 얼굴을 맞은 맥도웰이 뒤로 주춤 물러서자 씨익 미소를 지었다.

1분여 동안 놈의 강공에 방어를 하면서 버틴 것은 이 순간을 위해서였다.

놈은 버릇처럼 레프트 잽에 이은 라이트 어퍼컷을 날려왔는데 강태산은 기다렸다는 듯 어퍼컷을 치기 위해 고개가 들리는 맥도웰의 안면에 라이트 스트레이트를 정확하게 꽂아 넣었다.

손에서 느껴지는 감촉이 좋았다.

정확한 타이밍을 노리며 기다렸다.

맥도웰은 여러 번 같은 공격을 했어도 강태산이 방어만 하고 반격을 가해오지 않자 마음 놓고 똑같은 공격을 가해왔다.

격투기 경기에서 잠시의 방심은 죽음의 지름길이다.

그러니, 너는 죽어도 된다.

맥도웰의 눈이 풀리는 게 느껴졌다.

그동안 끊임없이 자신을 노려보던 그 회색의 눈이 말이다.

강태산은 뒤로 물러서는 맥도웰을 압박하며 좌우 훅을 던졌다.

적이 한발 물러선다는 것은 나에게 한발 다가설 수 있는 기회가 생긴다는 뜻이다.

그리고 그것은 상대의 치명적인 반격을 반감시키고 원하던 공격 타이밍을 잡게 되는 찬스로 다가온다.

좌우 훅이 슬쩍 흘러 나갔으나 강태산은 거기서 멈추지 않고 라이트 훅과 보디블로를 연사시키며 후퇴를 멈추려는 맥도웰의 몸을 다시 한 번 몸통으로 박았다.

물러서는 적의 숨통을 끊는다.

강력한 좌우 스트레이트 콤비네이션.

빡, 빡!

둔탁한 충격음이 들려오고 맥도웰의 고개가 흔들렸다.

다른 때 같았다면 이쯤에서 적에게 기회를 줬겠지만 맥도웰한테만큼은 그럴 수 없다.

흘리면서 맞았는데도 맥도웰의 펀치는 마치 망치로 얻어맞은 것처럼 묵직했고 강렬했기 때문이었다.

또 하나의 이유는 그가 지닌 회색의 눈빛이다.

놈의 회색 눈빛은 그 옛날 무림에서 활동했을 때 그와 쌍벽을 이루며 비천사의 정예부대를 이끌던 기천명과 유사했다.

기천명.

사파의 정예 집단 비천사의 무력 서열 팔 위로서 절대고수의 반열에 오른 자였다.

기천명은 언제나 자신의 목숨을 노렸다.

이유는 한 가지. 강태산이 자신의 위치를 노릴지 모른다는 불안감과 시기심을 놈은 참지 못했다.

지위가 낮았고 무공 역시 부족했기 때문에 놈이 암암리에 펼치는 살수를 피하면서도 복수를 감행할 수 없었다.

만약 기천명이 상부의 눈치를 보지 않고 죽이려 마음먹었다면 강태산은 살아남지 못했을 것이다.

강태산은 분하고 억울했기에 반드시 놈을 죽이고 말겠다는 다짐과 투지를 가슴속에 항상 담아두었다.

그는 현천기공이 칠성에 이르면서 무공이 급진전된 후부터 기회를 노렸다. 미황산 전투에서 살아남았다면 강태산은 기천명에게 당당히 도전해서 기천명의 그 잔악했던 심성을 끝장내었을지도 모른다.

현실로 돌아온 후에도 눈을 감으면 수시로 떠오르는 자가 바로 기천명이었다.

기천명의 그 회색의 눈빛.

반드시 꺾고 싶었던 놈의 눈빛을 맥도웰이 가졌다.

맥도웰은 뒤로 물러서면서도 끊임없이 펀치를 뻗어냈다.

그가 지닌 전장의 경험은 일방적 공격을 허락하지 않았고 기회가 생길 때마다 날카롭고도 섬뜩한 반격을 감행해 왔다.

그러나 강태산은 심연처럼 가라앉은 눈으로 맥도웰의 펀치를 제쳐내며 전진을 거듭했다.

내가 말했지.

나는 너에게 절대 밀리지 않을 거라고.

나의 불꽃같은 인파이팅은 상대가 누구든 가리지 않는다.

강태산은 맥도웰의 좌우 훅을 더킹으로 흘려낸 후 비어 있는 복부를 향해 라이트 보디블로를 꽂아 넣었다.

퍽!

마치 타이어에 바람 빠지는 소리가 새어 나오며 맥도웰의 허리가 슬쩍 굽혀졌다.

강태산은 몸을 붙여가며 숙여진 맥도웰의 몸통 안쪽으로 오른쪽 주먹을 불쑥 올렸다.

그의 주먹은 빨랐다. 그것은 순식간에 맥도웰의 숙여졌던 머리를 가격한 후 빠져나왔다.

양손으로 얼굴을 커버링하던 맥도웰은 이미 자존심을 잊어버린 듯 추가적인 강태산의 공격을 막아내기 위해 급히 철망 쪽으로 후퇴를 하는 중이었다.

충격을 입은 게 분명했다.

맥도웰이 추가적인 공격을 피하려는 듯 뒤로 빠져나갔으나 강태산의 공격은 지독했고 집요했다.

지금까지 한 발 두 발 전진을 거듭했던 강태산의 발이 맥도웰의 스텝을 순식간에 따라잡았다.

맥도웰이 놀란 눈으로 날아오는 스트레이트를 피하기 위해 철망을 등진 것은 그가 오늘 경기에서 보여준 최악의 실수였다.

철망에 맥도웰을 가둬놓은 후부터 강태산은 먹이를 사냥하는 맹수처럼 서두르지 않고 야금야금 적의 육체와 투지를 갉아먹기 시작했다.

완벽한 자세에서 강태산의 레프트 잽이 얼굴을 가린 맥도웰의 가드 사이를 꿰뚫고 화살처럼 틀어박혔다.

막고 싶었으나 막을 수가 없을 것이다.

가드가 내려오면 곧바로 강한 좌우 보디 공격이 날아왔기 때문에 맥도웰의 가딩은 중간 형태를 취할 수밖에 없었다.

강태산의 불꽃같은 공격이 활화산처럼 터진 것은 맥도웰이 더 이상 버티지 못하고 철망에서 빠져나오다가 왼쪽 훅에 걸렸을 때부터였다.


"강태산 선수의 레프트 훅! 맥도웰, 휘청거립니다. 충격을 받은 게 분명합니다. 강태산 선수, 엄청난 포격. 맥도웰의 완벽한 방어를 뚫고 펀치가 작렬하고 있습니다."

김세형은 벌떡 일어난 자세로 피를 토하듯 울부짖고 있었다.

그의 목소리는 시합이 시작된 지 불과 3분이 지났을 뿐인데도 쉿소리로 변했다.

그것은 그의 옆에서 물병을 든 채 눈알이 빠질 것처럼 경기를 지켜보던 신치현도 마찬가지였다.

그들은 강태산의 무차별적인 러시가 시작된 이후 마치 말을 하지 못하면 금방이라도 죽을 사람들처럼 입에 거품이 새어 나올 정도로 소리를 질러대는 중이었다.

"빠져나가지 못하게 해야 됩니다. 맥도웰 선수, 충격을 받았으니 여기서 끝장을 내야 됩니다."

"맥도웰 선수, 충격을 받은 게 분명한데도 주먹을 휘두르는군요. 하지만 슬쩍 물러섰던 강태산 선수, 계속해서 위협적인 펀치를 날립니다. 라이트 스트레이트, 레프트 훅. 맥도웰의 고개가 흔들립니다. 정신을 차리지 못하고 있는 것 같습니다."

김세형은 맥도웰이 쓰러질 것처럼 비틀거리는 장면을 보면서 자신의 주먹을 휘둘렀다.

강태산의 주먹에 자신의 주먹을 보태고 싶다는 간절한 표현이었다.

슬쩍 대한민국의 응원단을 지켜보자 동쪽 스탠드를 메우고 있던 태극기의 물결이 광란을 일으키고 있었다.

응원단은 한 사람도 빼놓지 않고 모두 자리에서 일어나 있었는데 그중 주먹을 휘두르고 있는 사람들이 반은 넘어 보였다.

같은 마음, 같은 심정이다.

그들이 휘두르고 있는 주먹은 강태산이 흔들리고 있는 맥도웰을 쓰러뜨리기를 간절히 원하는 염원임이 틀림없었다.

"맥도웰 선수, 안간힘을 쓰면서 철망을 벗어나려고 합니다. 그러나 강태산 선수 또다시 원투. 다시 맥도웰의 고개가 흔들립니다. 빠져나오지 못합니다. 맥도웰이 철망에서 빠져나오는 것을 강태산 선수가 그냥 두지 않습니다. 슬쩍 빠져나오는 강태산 선수. 맥도웰의 원투 스트레이트는 아직도 위협적입니다. 신 위원님, 맥도웰의 체력은 아직도 건재한 것 같은데 어떻습니까?"

"역시 챔피언입니다. 저렇게 많은 펀치를 맞으면서도 버티는 정신력이 놀랍습니다. 강태산 선수, 경기를 일방적으로 끌어내고 있지만 조심해야 합니다. 맥도웰의 양 혹은 아직도 생생합니다."

"말씀드리는 순간, 강태산 선수 맥도웰의 라이트 혹을 피해내면서 라이트 보디를 작렬시킵니다! 날카로운 레프트 잽. 악… 맥도웰, 쓰러집니다! 강태산 선수의 라이트 혹이 정확하게 맥도웰의 관자놀이에 적중했습니다!!"

* * *

"제발 쓰러져라! 쓰러지라고!!"

서경석이 소리를 고래고래 질렀다.

하지만 그것은 옆에 서있던 현동헌도 마찬가지였다.

그들은 이미 중계에는 신경을 쓰지 않고 중계석보다 훨씬 앞쪽으로 나와 있었는데 경기에 빠져들어 자신들도 모르게 한 행동이었다.

"아이고, 씨발. 저 새끼 도대체 맷집이 얼마나 강한 거야… 그만 좀 쓰러져라."

"강태산이 정말 대단합니다. 맥도웰이 몰려서 빠져나오지 못하는군요."

"여기서 끝내야 돼. 그렇지 않으면 어떻게 될지 몰라."

서경석이 옥타곤에서 눈을 떼지 못한 채 소리를 질렀다.

이미 대한민국의 시선은 모두 JYN에 몰려 있는 상태였다.

현재 시청률 34%.

격투기 중계가 이러한 시청률은 기록한 것은 그 옛날 홍만표가 WBC 복싱 라이트급 세계 챔피언에 등극했을 때 이후 처음이었다.

대박 중에 왕대박이 분명했지만 서경석은 경기가 진행될수록 이를 악물고 강태산이 이기기를 간절히 기도했다.

그의 기도가 통했던 것일까.

강태산은 1라운드 중반으로 들어서자 거침없이 맥도웰을 몰아붙이고 있었다.

이겨야 한다.

여기서 강태산이 이긴다면 JYN에서 그의 입지는 천정부지로 치솟게 될 것이다.

하지만, 지금의 마음은 그것이 다가 아니었다.

간절한 마음으로 강태산을 응원하고 있는 이유가 출세 때문이었다면 더욱 냉철한 시선으로 경기를 지켜봤을 것이다.

경기가 시작되기 전만 해도 그는 냉정한 이성으로 강태산이 이겼을 경우와 졌을 경우에 대한 대비책을 세우느라 분주했다.

그는 강태산이 불리하다는 전문가들의 견해를 이미 들었기 때문에 경기에 질 경우를 대비해서 계획을 꼼꼼하게 챙기며 경기를 맞이했다.

냉정한 이성이 날아간 것은 맥도웰의 주먹에 강태산이 반응하면서부터였다.

경기가 시작된 지 불과 10초 만에 그는 앞날을 생각하지 않은 채 온통 옥타곤에 눈을 둔 채 강태산이 승리하기만을 바랐다.

대한민국이란 이름.

그 이름이 그의 사고를 마비시켰던 것이다.

그랬기에 그는 또다시 비명 같은 함성을 지르며 연신 강태산을 응원했다.

그러다가 맥도웰이 강태산의 라이트 훅에 걸려서 바닥에 쓰러지자 자신도 모르게 만세를 불렀다.

언제까지라도 버틸 것 같던 맥도웰은 주먹을 맞은 후 비틀거리며 더 이상 견디지 못하고 배를 드러내며 바닥에 쓰러졌는데, 그 모습이 마치 서울역에서 잠을 청하기 위해 콘크리트 바닥에 눕는 노숙자의 모습과 비슷했다.


\*      \*      \*


강태산은 자신의 라이트 훅에 걸린 맥도웰이 옥타곤의 바닥에 쓰러져 배를 드러낸 채 다리를 들어 올리는 걸 보며 움직임을 멈췄다.

놈의 눈은 풀려 있었음에도 포기하지 않겠다는 듯 다리를 든 채 방어 자세를 취하고 있었다.

천천히 뒤로 두 발자국 물러나며 심판을 바라보았다.

그러나 심판은 경기를 재개하라는 신호를 보내며 강태산의 시선을 외면해 버렸다.

지금 들어가면 경기는 끝나겠지만 그러고 싶지 않았다.

드러누운 상대를 깔고 앉아 파운딩을 하는 건 그의 성격에 맞지 않는 일이다.

강태산은 공격을 멈추고 심연 같은 눈으로 맥도웰을 바라보았다.

그의 강렬했던 회색의 눈빛은 이미 반쯤 깨져 두려움으로 물들어 있었다.

심판이 어쩔 수 없이 끼어들어 맥도웰을 일으킨 것은 강태산이 공격의 의지를 나타내지 않았기 때문이었다.

고대의 로마 시대에는 검투사들의 경기가 벌어질 때 패한 선수들의 생사를 관중들이 결정한다고 했다.

그러나, 지금 메디슨 스퀘어가든을 가득 채운 관중들의 반응은 달랐다.

끝없이 함성을 지르며 경기에 빠져들었던 관중들은 맥도웰이 다운되자 광란에 가까운 반응을 보였으나 강태산이 더 이상 공격을 하지 않자 금방 싸늘하게 식었다.

무너져 내린 함성 소리.

압도적인 강태산의 태도는 관중들의 흥분을 가라앉히기에 충분하고도 남았다.

심판의 지시에 바닥에서 일어난 맥도웰의 다리는 비틀거리고 있었다.

주먹을 치켜세운 그의 눈에서 마지막 투지가 불타오르는 것이 보였다.

이를 악물고 마지막까지 싸우겠다는 의지가 그의 회색빛 눈을 가득 채우고 있었다.

그래, 전사는 그렇게 가야 되는 거다.

져도 후회가 없는 삶.

그것이 사나이가 가는 길이다.

전진.

옥타곤의 중앙에 우뚝 서 있던 강태산의 몸이 기계처럼 맥도웰을 향해 다가섰다.

그가 휘두른 주먹을 피하지 않았다.

전사로서의 대우.

지금까지 싸워온 상대 중에서 가장 강한 사나이.

그에게 마지막 선물을 해주고 싶었다.

맥도웰의 오른쪽 훅을 맞으며 고개를 흘려냈다.

완벽한 타이밍을 해소하기 위한 동작.

하지만, 맞아주기만 한 것은 아니다.

오른쪽 훅에 반응하며 강태산의 라이트 스트레이트가 맥도웰의 안면을 향해 무서운 속도로 날아갔다.

콰앙!

맥도웰의 신형이 휘청이며 뒤로 물러나는 것을 확인한 강태산이 빠르게 다가가며 공중으로 뛰어올랐다.

잘 가라, 맥도웰.

공중으로 날아오른 강태산의 두 팔이 맥도웰의 안면을 감싸 안았고 동시에 기형적으로 솟구쳐 오른 무릎이 맥도웰의 머리를 강타했다.

맥도웰은 잠시 동안 그대로 서 있었다.

하지만, 곧 고목나무가 쓰러지듯 옥타곤의 바닥을 향해 서서히 기울더니 그대로 엎어졌다.

쿠웅!

심판이 급히 다가가 맥도웰의 상태를 확인하고 시합을 중지시키자 간절한 눈으로 경기를 지켜보던 김 관장과 김만덕이 백 미터 달리기 선수처럼 옥타곤으로 뛰어들었다.

그런 후 강태산을 덮쳤다.

강태산을 끌어안는 김 관장의 얼굴은 이미 눈물로 범벅이 되어 있었다.

하긴 그것은 김만덕도 마찬가지였다.

"태산아, 장하다. 정말 잘했어!"

"형, 고맙다. 나 장가가게 해줘서."

울고 있는 그들에게 강태산이 빙긋 웃음을 지어 보였다.

그러면서 김 관장의 얼굴에 흘러내린 눈물을 닦아주었다.

"관장님 덕입니다."

"내가 뭘. 난 한 게 하나도 없는데."

"형, 일단 타자. 씨발, 오늘은 내가 세상에서 가장 안전한 목마를 태워준다."

김만덕이 커다란 등판을 내밀자 강태산이 사양하지 않고 그의 어깨에 올라탔다.

그를 향해 쏟아지는 함성.

관중들은 이미 강태산의 포로였다.

국적은 어디로 갔는지 그들은 열렬하게 응원하던 맥도웰이 졌음에도 강태산을 향해 뜨거운 박수를 보내주고 있었다.

강자에 대한 예의.

그런 그들을 향해 강태산이 목마를 탄 채 손을 들어 답례를 보내주었다.

메디슨 스퀘어가든을 가득 채운 2만 명의 관중들.

그들의 환호가 마치 꿈결처럼 들려왔다.

옥타곤을 한 바퀴 돌고 귀를 잡아당기자 미친놈처럼 뛰어다니던 김만덕이 고개를 들어 강태산을 바라보았다.

"내려줘라. 저 사람들이 기다리잖아."

옥타곤 안에는 이미 UFC 회장인 톰슨과 부회장인 제프리 조던이 박수를 치면서 강태산이 목마에서 내려오기를 기다리고 있었다.

그의 승리를 축하해 주기 위함이 분명했다.

승부의 세계는 너무나 냉정했다.

그들은 아직도 의식을 차리지 못하고 있는 맥도웰을 살펴보는 것보다 강태산을 축하해 주는 것이 우선이라는 듯 만면에 활짝 웃음을 지은 채 강태산을 해바라기처럼 바라보고 있었다.


맥도웰이 강태산의 라이트 훅을 맞은 후 옥타곤의 바닥에 등을 대고 넘어지자 김세형과 신치현이 비명을 질렀다.

그들은 기어코 맥도웰이 강태산의 펀치를 견디지 못하고 쓰러지자 숨이 넘어가는 것처럼 헐떡거렸다.

"맥도웰이 쓰러졌습니다! 강태산 선수의 강력한 라이트 훅이 터졌습니다! 아, 그런데 강태산 선수. 공격을 하지 않고 심판을 바라봅니다. 맥도웰 선수의 눈이 풀려 있습니다. 공격을 해야 합니다. 심판은 제지할 생각이 없어 보입니다."

"강태산 선수가 게임이 끝났다고 생각한 모양입니다. 선수는 심판이 말릴 때까지 경기에 집중해야 되는데 강태산 선수가 착각을 한 것 같습니다."

두 사람의 얼굴은 이미 흑색으로 변해 있었다.

강력한 주먹에 맥도웰이 다운을 당했음에도 강태산이 공격을 하지 않자 기회를 놓칠지 모른다는 안타까움에 어쩔 줄을 몰라 했다.

그러나 곧 심판이 맥도웰을 일으켜 세우자 다시 마이크를 고쳐 잡았다.

"심판이 맥도웰에게 스탠딩을 지시했습니다. 맥도웰 선수, 충격을 받았지만 싸우려는 의지를 보입니다. 정말 대단한 맷집입니다."

"심판도 맥도웰의 눈을 확인하고 경기를 재개한 겁니다. 맥도웰의 눈이 완전히 풀렸다면 중지시켰을 겁니다."

"말씀드리는 순간, 경기가 다시 재개되었습니다. 맥도웰 선수 라이트 훅! 강태산 선수, 맞았습니다! 그러나 강태산 선수의 라이트 스트레이트가 맥도웰의 안면에 정확하게 꽂혔습니다. 뒤로 물러나는 맥도웰. 강태산 선수, 대시합니다. 악… 플라잉 니킥! 맥도웰! 쓰러집니다!! 정신을 잃었습니다!! 만세!!! 강태산 선수가 이겼습니다! 강태산 선수가 세계 챔피언에 등극했습니다!! 아이고, 이게 웬일입니까! 강태산 선수, 무적의 챔피언 맥도웰을 쓰러뜨렸습니다! 고국에 계신 국민 여러분, 기뻐해 주십시오! 강태산 선수가 대한민국 최초로 UFC 세계 챔피언에 등극했습니다!!"

"강태산 선수 대단합니다! 정말 믿을 수 없는 일을 해냈습니다!"

자신도 모르게 신치현의 어깨를 붙잡은 김세형이 미친 사람처럼 떠들었다.

하지만 그것은 신치현도 마찬가지였다.

그들은 강태산이 KO로 경기를 끝내자 두 눈이 찢어질 듯 부릅뜬 채 옥타곤을 바라보며 거품을 물었다.

"강태산 선수, 두 팔을 번쩍 치켜 올립니다! 장한 모습입니다. 대한민국의 건아, 강태산 선수. 드디어 챔피언이 되었습니다."

"저는 이제야 말씀드리지만 전 강태산 선수가 이번 경기를 이길 수 없을 거라 생각했습니다. 맥도웰의 펀치력이 워낙 강하기 때문에 강태산 선수가 경기 초반 인파이팅을 펼치는 걸 보면서 얼마 버티지 못할 것이라 예측했습니다. 하지만, 우리는 강태산 선수를 제대로 평가하지 못했던 것 같습니다. 이번 경기는 강태산 선수가 완전히 압도한 경기였습니다. 강태산 선수의 펀치력이 약하다는 세간의 평가는 이번 경기로 완전히 사라져야 합니다. 경기 내내 대단한 맷집을 가졌다는 맥도웰 선수가 강태산 선수의 펀치를 맞을 때마다 비틀거렸잖습니까. 그것은 그만큼 강태산 선수의 펀치가 날카로웠다는 걸 의미하는 것입니다."

"그렇습니다. 이번 경기는 신 위원님의 말씀처럼 강태산 선수가 완전히 압도한 경기였습니다. 불꽃같은 인파이팅. 강태산 선수는 약속했던 것처럼 한 번도 뒤로 물러나지 않는 인파이팅으로 맥도웰을 잡아냈습니다. 정말 대단한 공격력이었습니다."

"아, 화면에 마지막 순간이 다시 나오는군요. 맥도웰의 라이트 훅이 나오는 순간 강태산 선수의 라이트 스트레이트가 가동되었습니다. 서로 때리고 맞았지만 충격을 받은 것은 맥도웰이었습니다. 제가 봤을 때 강태산 선수는 맥도웰의 펀치를 정타로 허용하지 않은 것으로 보입니다. 이 장면을 보십시오. 펀치가 맞는 순간 교묘하게 머리가 숙여지지 않습니까?"

"그렇군요. 거의 눈에 보이지 않을 정도로 미세한 반응이었습니다."

"이것이 강태산 선수의 놀라운 점입니다. 강태산 선수는 맥도웰과의 경기에서 한 번도 대미지를 입지 않았습니다."

"마지막 맥도웰을 실신시킨 것은 플라잉 니킥이 맞습니까?"

"플라잉 니킥 맞습니다. 원래의 플라잉 니킥은 원거리에서 뛰어올라 머리를 노리는 것인데 강태산 선수가 이번에 펼친 것은 변형된 플라잉 니킥입니다. 머리를 감싸고 피하지 못하게 만든 후 완벽하게 니킥을 구사해서 맥도웰의 머리를 직격했습니다. 쉬운 것처럼 보이지만 정말 어렵고 까다로운 고난도의 기술입니다. 그 짧은 순간에 상대의 머리를 제압하고 니킥을 날리는 것은 아무나 할 수 있는 게 아닙니다. 화면에서 몇번이고 같은 장면을 반복해서 보여주는 것도 바로 그런 이유가 있기 때문입니다. 이번 기술은 강태산 선수가 미켈슨전에서 보여준 허리케인킥과 비견될 정도로 대단한 기술입니다."

"강태산 선수, 세계 챔피언전에서 그런 고난도 기술로 챔피언을 제압하다니 세계가 깜짝 놀랄 일입니다. 지금 옥타곤 주변에는 새까맣게 기자들이 몰려들어 강태산 선수의 모습을 찍기 위해 움직이고 있습니다. 정말 장관입니다."

"그렇습니다. 제 심장이 거세게 뛸 정도입니다. 정말 흥분되는 순간입니다."

"말씀드리는 순간 레퍼리가 강태산 선수의 손을 번쩍 들었습니다. 공식 기록은 강태산 선수의 1라운드 3분 32초 만의 KO승입니다."


강태산이 1라운드를 시작하자마자 약속한 대로 치열한 인파이팅을 펼치며 난타전을 벌이자 김현웅은 얼굴이 허옇게 변한 상태에서 자리를 박차고 일어났다.

번개 같은 주먹의 교환.

두 선수는 한 치도 물러서지 않겠다는 듯 다리를 고정시킨 채 엄청난 펀치들을 주고받았다.

그는 자신도 모르게 자리에서 일어난 후 옥타곤을 바라보며 소리를 질렀다.

강태산의 경기를 한 경기도 빼놓지 않고 수도 없이 반복해서 봤으나 이런 경기는 처음이었다.

주변을 슬쩍 돌아보자 태극기를 온몸에 매단 응원단은 자신처럼 전부 일어나 괴성을 지르며 강태산을 응원하고 있었다.

장관이다.

400명에 달하는 사람들이 똑같은 모습으로 강태산을 응원하는 모습은 가슴을 뜨겁게 만드는 무언가를 심어주었다.

시합이 진행될수록 경기는 치열하게 펼쳐졌다.

팽팽했던 경기가 맥도웰의 우세로 진행될 때는 안타까움과 불안감으로 숨조차 쉴 수 없었다.

그러나 그런 것은 경기 양상이 바뀌면서 오히려 더욱 그를 위험한 상태로 몰아넣었다.

경기 중반이 되면서 강태산이 맥도웰을 몰아붙이기 시작하자 그의 심장은 미친 듯이 뛰었고 주먹은 불끈 쥐어져 풀어질 줄 몰랐다.

얼굴이 달아올라 시뻘겋게 변했다.

고혈압이 아니었음에도 그의 얼굴과 눈은 흥분으로 인해 온도가 평소보다 5도는 높아진 것 같았다.

비명을 질렀다.

강태산의 주먹이 맥도웰의 전신에 작렬할 때마다 미친놈처럼 주먹을 휘두르며 이겨달라고 간절히 기도했다.

그리고 기어코 맥도웰이 강태산의 니킥에 정신을 잃어버리자 만세를 부르며 옆에 있던 하정아를 끌어안았다.

사람을 끌어안은 건 그뿐만이 아니었다.

태극기를 몸에 두른 채 강태산을 응원하던 사람들은 서로를 끌어안은 채 펄쩍펄쩍 뛰면서 기쁨을 감추지 못했다.

"정아야, 강태산이 해냈다. 만세!"

"흑흑… 정말 너무 기뻐."

하정아는 기쁨을 숨기지 못하고 울음을 터뜨렸다.

간절히 원하던 것을 얻었을 때 사람들은 눈물을 흘린다.

특히 여자들은 감정 조절이 남자보다 약하기 때문에 대한민국의 응원단에는 많은 여자들이 눈물을 흘리고 있었다.

그럼에도 웃는다.

행복한 순간.

눈물과 웃음이 교차하는 이 순간을 그들은 영원히 잊지 못할 것이다.


강태산이 맥도웰을 쓰러뜨리는 그 순간 대한민국의 아파트는 굉음으로 뒤덮였다.

그 옛날 대한민국 축구가 이탈이아를 꺾고 4강에 진출했을 때처럼 아파트는 금방이라도 무너질 것 같은 진동에 사로잡혔다.

강태산의 승리로 인해 사람들이 아파트 내에서 펄쩍펄쩍 뛰었기 때문이었다.

특히 김윤석과 김환석은 얼마나 뛰어다니며 기뻐했던지 집 안이 난장판으로 변했다.

두 사람은 경기 내내 일어서 있었다.

아주 점잖은 자세로 경기가 시작되기를 기다리며 맥주를 마시던 그들이 자신들도 모르게 자리에서 일어난 것은 불과 30초도 지나지 않았을 때였다.

마주 보고 있었더라면 서로의 주먹에 누구 하나는 크게 상처를 입었을 것이다.

그들은 텔레비전을 보면서 강태산의 주먹이 움직일 때마다 자신들의 주먹을 휘둘렀는데 엉성했음에도 너무나 열정적이라 한 대 맞으면 맥도웰도 버티지 못할 정도였다.

기어코 맥도웰이 쓰러지자 사방을 뛰어다니며 만세를 부르던 김윤석이 얼마나 소리를 지르며 힘을 뺐던지 더 이상 견디지 못하고 바닥에 벌렁 누웠다.

그러자 김환석이 다가와 형의 몸을 끌어안았다.

"형, 이거 꿈 아니지?"

"꼬집어주랴?"

김윤석이 누운 채 손을 내밀자 김환석이 급히 얼굴을 피했다.

그러면서도 웃음을 멈추지 않았다.

"저놈 정말 멋있지 않냐? 내 딸이 컸으면 사위 삼고 싶어."

"이제 중학교 다니는 미선이를 두고 별소릴 다 하네. 인마, 저놈은 이제 영웅이야. 아마 여자들이 줄줄 따를 거다."

"그렇겠지. 짜식 이겼는데도 활짝 웃질 않는구만. 성격 탓인가?"

"시크해 보이잖아. 저것도 저놈 매력이야."

"하여간 저놈 때문에 내가 산다. 저놈이 없었으면 무슨 재미로 살았겠냐."

"그건 그래. 우리가 무슨 낙이 있겠어. 하루 벌어서 먹고사는 것도 바쁜데 저놈이 척하니 나타나서 이런 기쁨을 주니 예뻐 죽을 지경이다."

"형, 하이라이트 보여준다."

링 안에 가득 찬 사람들을 찍던 화면이 바뀌며 그들이 그토록 열광했던 경기 영상이 다시 나오자 바닥에 벌렁 누워 있던 김윤석이 자리에서 벌떡 일어났다.

그런 후 텔레비전을 향해 시선을 고정시켰다.

가라앉아 있던 홍분이 다시 올라왔다.

방금 본 것이었음에도 강태산의 러시 장면은 심장을 뜨겁게 만들었다.

"저놈 정말 멋있지 않냐?"

"불공평해. 도대체 하느님은 쟤가 얼마나 예뻤기에 한꺼번에 저렇게 많은 걸 준 걸까?"

"전생에 착한 일을 많이 한 모양이지."

"저놈 돌아오면 난리 나겠지?"

"공항이 기자들로 바글거릴거다. 강태산은 챔피언 되기 전부터 인기 짱이었어. 그런데 타이틀까지 먹었으니 엄청날 거다. 돈방석에 오를 거야."

"지가 공언했잖아. 돈 벌면 전부 불우한 사람들을 위해 쓰겠다고."

"얼마는 떼지 않을까?"

"떼면 어때. 지가 번 건데. 그런데 이번 시합으로 얼마나 받은 거래?"

"대전료가 30만 달러니까 우리나라 돈으로 3억 5천만 원 정도 되겠다. 그런데 대전료는 아무것도 아니야. 유료 방송이 700만 건이 되었다잖아. 강태산이 건당 3달러를 받는다니까 그게 얼마냐?"

"헉, 2,100만 달러!"

"미국은 세금이 비싸니까 30% 정도 뗀다고 계산해도 1,400만 달러는 가져오겠다."

"백육십억?"

"맞아."

"아이고, 우리 아들놈 격투기 선수로 키워야겠다."

"크크크… 아서라, 그러다 아들 잡는다."

"어차피 공부도 못하는 놈, 심각하게 생각해 봐야 되겠어. 좀 두들겨 맞아봐야 정신을 차릴 놈이야, 그놈은."

"재밌는 건 대전료가 문제가 아니라는 거지. 시합 전부터 강태산의 광고 모델 몸값이 우리나라에서 제일 비싸다고 뉴스에 나오더라. 그런데 챔피언까지 먹었으니 어떻게 되겠냐?"

"부러운 놈."

형의 말을 들은 김환석이 한숨을 흘려냈다.

말로만 들어도 비명 소리가 나올 만큼 부러웠기 때문이었다.

하지만, 강태산에 대한 질시는 어디에도 찾아볼 수 없었다.

어려운 사람을 돕겠다는 강태산의 약속을 들은 이상 그는 그저 한숨만 흘렸을 뿐 어떠한 불만도 말하지 않았다.

김윤석의 입이 다시 열린 것은 경기 영상이 끝나면서 화면에 강태산의 모습이 다시 잡혔을 때였다.

"야, 강태산 인터뷰 나온다!"

제4장
**영웅**

화이나 삭스가 다가와 마이크를 내밀자 강태산이 그를 향해 빙긋 웃었다.

　활짝 핀 웃음이 아니었기에 화이나 삭스는 자신이 매달고 있던 웃음을 더욱 크게 만들지 못했다.

　하지만, 그의 목소리는 관중들과 텔레비전을 통해 경기를 시청한 사람들의 흥분을 깨지 않겠다는 듯 우렁찼고 날카로웠다.

　"와우, 미스터 강. 최고의 경기였습니다. 축하합니다."

　"고맙습니다."

"이번 경기를 준비하면서 이런 결과를 생각했습니까?"

"당연히 그렇습니다. 맥도웰과 나, 둘 중 하나는 옥타곤의 바닥에서 일어나지 못할 거라고 생각했습니다."

"혹시 왜 그런지 물어도 되겠습니까?"

"그도 나도 물러서지 않겠다고 약속했기 때문입니다."

"일각에서는 강태산 선수가 공언한 것과 달리 아웃복싱을 할 거라 예상한 전문가들이 많습니다. 하지만 강태산 선수는 대단한 인파이팅을 펼쳤습니다. 혹시 아웃복싱을 생각한 적은 없습니까?"

"대한민국의 사내는 한 번 뱉은 말은 반드시 지킵니다. 나는 거짓말쟁이가 아닙니다."

"맥도웰과 치열한 난타전을 벌였는데 맥도웰 선수에 대해서 한 말씀 부탁드립니다."

"그는 진정 대단한 챔피언이었습니다."

웃음을 지운 강태산이 맥도웰을 향해 존경의 뜻을 표하자 관중들의 박수 소리가 다시 터져 나왔다.

상대를 완벽하게 꺾어놓고도 상대를 배려하는 그의 모습이 관중들을 감동시켰기 때문이었다.

박수 소리가 잦아들자 대형화면을 통해 경기가 마무리되는 장면을 보면서 화이나 삭스가 물었다.

"저 장면에 대해서 잠깐 묻겠습니다. 마지막에 피니시로 날린 플라잉 니킥은 미리 준비했던 것입니까?"

"아닙니다. 상황에 맞춰 최적의 대미지를 주기 위해 쓴 것입니다."

"그렇군요. 따로 준비를 하지 않은 상태에서 그런 고급 기술을 썼다는 게 놀라울 따름입니다. 그건 그만큼 강태산 선수의 훈련량이 많았기 때문이겠죠?"

"최선을 다했을 뿐입니다."

강태산이 직접적인 대답을 피하자 화이나 삭스가 뜻 모를 웃음을 지었다.

. 그런 후 시계를 힐끗 바라보며 마지막 질문을 던졌다.

"이제 막 경기를 끝낸 미스터 강에게 묻기에는 조금 이르다는 생각이 들지만 너무나 궁금하기 때문에 질문하겠습니다. 혹시 생각해 놓은 향후 계획이 있습니까?"

"나는 라이트급 타이틀을 두 번 방어한 후 웰터급 챔피언 카니언과 싸우고 싶습니다."

"그게… 정말입니까?"

"그렇습니다."

관중들이 웅성거렸다.

말도 안 되는 소리를 강태산이 했기 때문이었다.

라이트급과 웰터급은 7kg이나 차이가 나기 때문이었다.

더군다나 강태산이 언급한 웰터급 챔피언은 현재 무적이라 불리우며 UFC에서 가장 인기를 얻고 있는 언터처블의 강자였다.

그랬기에 관중들은 물론이고 질문을 했던 화이나 삭스까지 놀라움을 숨기지 못했다.

"카니언은 웰터급의 절대강자로서 역대 웰터급 챔피언 중 최강으로 평가받은 선수입니다. 체급에서부터 큰 차이가 나는데 그게 가능하다고 생각합니까?"

"나는 그를 잡을 수 있습니다. 이 자리에서 UFC 톰슨 회장께 제안합니다. 내가 2차 방어전을 성공하면 웰터급 챔피언 카니언과 싸우게 해주십시오. 결코 후회하지 않는 경기를 벌일 테니 말입니다."

\*　　　　\*　　　　\*

현수는 강태산이 경기에서 이기자 자리에서 일어나 방방 뜨다가 겨우 흥분을 가라앉히고 소파에 앉았다.

일요일의 오후.

집안에는 가족들이 모두 모여 있었는데 현수와 은정이 커다란 관심을 가지자 권 여사와 은영이까지 경기를 지켜볼 수밖에 없었다.

현수를 제외한다면 나머지 가족들은 격투기를 좋아하지 않았지만 막상 경기가 시작되자 그녀들은 진땀을 흘리면서 강태산을 응원했다.

집안이 소란스럽게 변한 것은 강태산이 웰터급 챔피언인 카니언에게 도전하겠다는 인터뷰를 들은 후였다.

충격을 받았는지 현수는 두 눈만 껌벅이다가 시간이 지나자 입에 거품을 물었다.

"으, 강태산 선수. 정말 사람을 미치게 만드는 재주가 있네."

"왜?"

"왜긴, 웰터급 챔피언한테 도전한다잖아."

"그게 어떤 건데?"

은영이 순진한 눈망울을 굴리면서 물었다.

그녀는 격투기 문외한이었기 때문에 강태산이 웰터급 챔피언에게 도전하는 것이 어떤 의미인지 몰랐다.

"격투기는 체급마다 챔피언이 있어. 강태산 선수는 한 체급 올려서 챔피언에게 도전하는 거라고!"

"그게 뭐 그렇게 중요해? 이제 강태산도 챔피언이 되었으니까 이길 수도 있잖아."

"아휴, 누나. 그게 그렇게 간단하지가 않아. 강태산 선수가 뛴 라이트급하고 웰터급은 체급부터 달라서 펀치력이 엄청 다르단 말이야. 더군다나 웰터급 챔피언 카니언은 정말 무시무시한 선수라서 세계 랭킹 1위인 쇼홀터까지 도망만 다니다가

패배를 했어."

"도대체 난 무슨 소린지 모르겠다."

현수가 설명을 했어도 은영은 알아듣지 못하고 딴청을 부렸다.

답답한 마음.

뭔가 설명을 하면 대충이라도 알아들어야 할 텐데 은영은 별 관심이 없는 것처럼 현수의 말을 귓전으로 흘려버렸다.

하지만 은정은 달랐다.

"큰일 났네, 큰일 났어."

"언니는 또 왜?"

"내일 회사에 가서 고통받을 생각하니까 끔찍해."

"요새 뭐 잘 안 되는 거 있어?"

"저번에 말했잖아. 강태산 선수를 광고 모델로 섭외하지 못해서 우리 부장님 심기가 엄청 불편하거든. 그런데 저 사람이 챔피언까지 되었으니 어떻겠니?"

"광고 모델이 어디 한둘이야? 저 사람이 아니면 어때?"

"그게 간단치가 않아. 강태산 선수는 챔피언이 되기 전부터 광고 섭외 1순위였어. 그래서 광고 판에서는 저 사람을 잡기 위해 난리도 아니란 말이야."

"그럼 잡으면 되잖아."

"우리랑 안 한다니까 문제지."

"다른 데랑 한대?"

"그것도 아니야. 광고 회사나 대기업의 홍보실이 대거 저 사람을 잡기 위해 백방으로 뛰었는데 한 사람도 만나지 못했어. 아예 만나주지를 않는다고 하더라."

"호오, 무척 비싼 사람이네."

"그런데 챔피언까지 됐으니 이제 정말 큰일 났다. 윗선에서는 무조건 잡으라고 닦달할 텐데 우리 부장님 어떡하니. 더군다나 저렇게 인터뷰에서 폭탄선언까지 했으니 대한민국이 난리 날 거야. 정말 미치겠네."

"저게 그렇게 중요한 말이야?"

"생각해 봐. 저 사람이 카니언이란 챔피언을 이기고 지는 건 문제가 아니야. 저런 배짱, 저 사람 말에는 대한민국을 대표해서 세계를 휩쓸어 버리겠다는 뜻이 담겨 있다고. 그러니 대한민국 사람 누가 저 사람을 좋아하지 않을 수 있겠어."

"헐."

"갈수록 태산이라더니 딱 저 사람이 그 짝이다."

"그런데 언니야, 저 사람 광고 모델료가 얼마야?"

"챔피언이 되기 전에 6개월 계약으로 20억까지 제시한 대기업이 있었어. 그런데 지금은 얼마까지 치솟을지 모르겠다. 챔피언이 되었으니 몸값이 천정부지로 뛰어오를 거야."

"우와, 20억? 우리나라 최고 스타라는 김가을도 13억밖에 못 받은 걸로 아는데 20억이라니, 대단하네."

"얘는 왜 이렇게 말귀를 못 알아들어. 이젠 20억이 아니라니까!"

"어쨌든, 난 정말 이해가 안 되네. 저 사람 몸값이 그 정도로 비싼 이유가 뭐냐?"

"텔레비전에서 저 사람은 번 돈의 대부분을 없는 사람에게 기부하겠다고 공언했잖아. 그게 대기업이 저 사람을 잡으려는 이유였어. 저 사람을 잡으면 기업의 이미지가 한껏 올라갈 테니까. 물론 마스크도 훌륭하고 경기력도 뛰어나서 인기도 있었지만 말이야."

"잘생기긴 했더라."

"아휴, 머리 아파."

"그런데 우리 오빠는 언제 온다냐. 저 사람과 이름만 같은 우리 멍청이 오빠 말이야."

"그러고 보니 형 보고 싶다."

"어이구, 저 사람은 한 방에 수백억씩 번다는데 우리 오빠 어쩌면 좋냐."

"은영아, 너무 그러지 마라. 태산이처럼 열심히 사는 사람이 어디 있니. 그리고, 농담이라도 태산이 앞에서 그런 소리 하지 마. 걔가 마음이 착해서 받아주는 거지, 마음이 얼마나 아프겠어!"

"엄마는, 농담이라는 거 알면서 그래."


*      *      *


강태산은 링에서 내려와 휴 잭맨전 때 했던 것처럼 태극기로 몸을 둘러싼 응원단을 향해 다가갔다.

그런 그를 향해 JYN의 카메라가 3대나 따라붙었다.

JYN은 강태산의 일거수일투족을 하나라도 놓치지 않겠다는 듯 맹렬하게 카메라를 돌리면서 관중들의 반응을 화면에 담았다.

인사를 온 강태산을 향해 응원단은 괴성을 지르며 반겨줬다.

그들은 진심으로 강태산의 승리를 축하해 주고 있었다.

그중에는 '대단한 도전' 팀과 특별 출연을 했던 김가을과 서유경도 포함되어 있었다.

강태산을 바라보는 그녀들의 표정은 웃음이 한가득 담겨 있었지만 눈빛은 차분하게 가라앉아 무슨 생각을 하고 있는지 알 수 없게 만들었다.

강태산이 모습을 감추고 응원단의 목소리가 작아졌을 때 서유경의 입이 문뜩 열렸다.

"가을아, 난 결정했어."

"뭘?"

"나 저 사람한테 대시할 생각이다."

"왜 그런 말을 나한테 하는 거니?"

"너한테 해야 할 것 같아서."

서유경이 김가을의 얼굴을 빤히 바라보았다.

여자의 직감.

경기를 지켜보는 내내 김가을은 강태산의 움직임을 하나라도 놓치지 않겠다는 듯 시선을 떼지 못했고 그의 움직임에 따라 환성과 뜨거운 몸짓을 숨기지 않았다.

그리고 경기가 끝난 후 그녀는 눈시울이 붉어졌다.

아련한 눈빛.

옥타곤에서 승리의 포효를 내지르는 강태산의 모습을 보며 김가을의 눈은 산을 가득 메운 붉은 단풍을 보는 것처럼 변해 있었다.

그러나 김가을은 서유경의 도발에 반응하지 않았다.

"잘해봐."

"반응이 이상하네."

"뭐가 이상해?"

"혹시, 내가 잘못 본 건가 하고. 경기 내내, 그리고 경기가 끝난 후에도 강태산을 열렬히 응원한 네가 시큰둥한 반응을 보여서 하는 말이야."

"이상하게 생각할 거 없어."

"왜 막상 보니까 남자로 안 보였어?"

"아니, 그 반대야."

"무슨 뜻이니?"

"여기 와서 보니까 확실히 알았어. 저 사람이 궁금해졌다. 그러니까 너는 네 식대로 해. 난 나대로 할 테니까."

"너도 강태산 선수와 사귈 생각이 있단 뜻이야?"

"운명이 된다면."

"운명?"

"난 너같이 무조건 대시 같은 건 안 할 거야. 사랑이란 건 그렇게 해서 되는 게 아니라고 생각하거든. 너는 대시해. 나는 다른 방식으로 그 사람을 기다릴 테니."

"어려운 소릴 하고 있구나. 아무튼 고맙다."

말을 끊었으나 김가을의 반응을 본 서유경의 마음이 복잡하게 변했다.

운명.

운명이라고?

김가을. 살아오면서 항상 라이벌이었던 여자.

언제나 그녀는 자신보다 한발 앞서 나갔다.

스타가 된 것도 그녀가 먼저였고 사람들의 관심과 사랑을 받은 것도 먼저였다.

그녀가 가지고 있는 고급스러움과 정숙한 이미지는 화려함으로 무장되어 있는 자신의 것보다 더 부러운 것이었다.

톱스타로 발돋움하면서 그런 질시를 없애기 위해 많은 노력을 했다.

김가을과 서유경은 전혀 다른 존재니까 철없었던 어린 시절의 한때 치기로 여기며 자신의 삶을 살아가고자 애를 썼다.

그러나 막상 김가을이 강태산을 대하는 태도를 보게 되자 또다시 그런 감정이 솟구쳐 올라왔다.

운명을 기다린다니 웃기는 소리다.

그래, 너는 네 방식대로 해라.

나는 내 방식대로 그를 사로잡기 위해 노력할 테다.

아마, 너는 사랑이란 건 기다려 주지 않는다는 걸 모르는 모양이다.

*          *          *

주관 방송사인 JYN의 서경석 국장은 경기가 끝나자마자 김숙영을 불렀다.

그녀는 지금까지 거의 20일 동안 강태산을 수행하면서 밀착 취재를 했고 모든 일정을 관리하다시피 했기 때문에 누구보다 강태산과 친분이 깊을 거라 생각했다.

더군다나 그녀는 '대단한 도전' 팀이 경기 전날 인사를 할 수 있는 자리를 만들 만큼 강태산에게 영향력을 행사할 정도였으니 서경석은 김숙영에 대한 신뢰가 커질 대로 커진 상태였다.

시합을 앞둔 선수.

그런 선수가 텔레비전의 예능 프로그램에 얼굴을 비춘다는 것은 결코 쉬운 일이 아니다.

그것이 불과 30분에 한정될 정도로 짧은 시간이라도 말이다.

그랬기에 서경석은 김숙영이 방으로 들어오자 반갑게 그녀를 맞아들였다.

이제 중계방송은 대박을 터뜨렸으니 나머지 일까지 완벽하게 수행하게 되면 돌아가는 대로 그는 사장 앞에서 당당하게 고개를 들 수 있을 것이다.

"김 기자, 오랜 시간 고생했어."

"제 일인데요. 뭐. 국장님도 수고하셨어요."

"마지막 시청률이 36%였단다. 이런 대박을 터뜨렸는데 사장님이 가만히 계시겠냐. 분명 특별 보너스가 내려올 거다."

"휴가도 줬으면 좋겠어요. 너무 오랫동안 일에 치여서 살았더니 힘들어요."

"그건 내가 조치해 주지."

"그런데 왜 부르셨어요?"

"김 기자, 이왕 이렇게 된 거 우리 이번 기회에 한껏 날아보자. 강태산이 삼 일 후에 귀국한다고 했지?"

"네. 내일 공식 기자회견이 있다고 했어요. 기자회견 끝나고 잠시 휴식을 취한 후 돌아간다고 하네요."

김숙영이 보고를 하자 서경석의 말이 은근하게 변했다. 그는 뭔가 중요한 말을 할 때면 이렇게 말이 낮아진다.

"그래서 말인데, 강태산의 일정이 모레, 하루 남잖아. 김 기자도 알고 있다시피 지금 대단한 도전 팀이 들어와 있어. 강태산을 거기에 출연시킬 수 없을까?"

"금방 경기가 끝난 사람이에요. 지금 회복 중일 텐데 그런 사람을 어떻게……."

"그러니까 김 기자의 능력이 필요한 거지. 저번에 잠깐 얼굴 비춘 거로는 프로그램이 살지가 않아. 국내의 톱스타들이 대거 움직였는데 주인공이 빠진다면 그게 무슨 의미가 있겠어. 강태산이 출연하면 또 한 번 대박을 터뜨릴 수 있을 거야."

"그건 알지만 어려울 거예요. 저번에 30분 시간 내주는 것도 사정사정해서 얻어낸 거란 말이예요. 더군다나 그 사람 성격이 면도날처럼 날카로워서 누군가에게 이용당한다는 걸 극도로 싫어해요."

"자네 친분으로도 안 된단 말이야?"

"그 사람하고는 몇 번 시간을 보냈지만 언제나 거리를 두면서 대해요. 강태산 선수는 누군가에게 쉽게 마음을 여는 사람이 아니에요."

김숙영이 흐려진 얼굴로 대답했다.

세 번의 섹스.

남녀가 육체관계를 맺게 되면 최소한의 감정이 생기게 된다.

그것이 한순간의 엔조이라 해도 말이다.

그럼에도 강태산은 마지막 섹스가 끝나자 완벽하게 자신을 바라보는 시선에서 정을 거둬 버렸다.

그녀의 마음과 다르게.

아무리 쿨한 성격을 가진 그녀였지만 가슴이 아팠다.

진지했어야 했다. 조금 더 여자로서의 향기를 보여줘야 했다.

남자에게는 섹스가 가장 큰 무기일 거란 자신의 착각이 이런 상황을 만들었다고 생각하자 후회가 밀려왔으나 때는 너무 늦어 있었다.

서경석이 손가락을 깨물며 생각에 잠긴 것은 김숙영의 잔뜩 흐려진 얼굴에서 자신의 의도대로 일을 진행하기가 쉽지 않겠다는 판단을 내린 후였다.

그러나 그는 오랜 세월 방송물을 먹은 여우 중의 여우였고 경험을 통해 사람을 움직이는 법에 대해서는 전문가였다.

"하나만 묻자. 옆에 있었으니까 잘 알겠지. 강태산에게 가장 커다란 영향력을 미치는 사람이 누구냐?"

"그건 김영철 관장일 거예요. 그 사람은 김영철 관장의 말이라면 고분고분하더라고요."

"김만덕은?"

"친한 건 분명해요. 하지만, 부탁을 들어줄 정도인지는 모르겠어요."

"좋아, 그럼 김영철 관장을 설득해 보자."

"강태산 선수에게는 직접 말하지 않을 생각인가요?"

"어려울 거라며?"

"그래도……."

"직접 상대해서 일의 성사가 어려운 경우에는 돌아서 때리는 게 훨씬 효과가 큰 법이다. 괜히 잘못 건드리게 되면 우회 전략이 통하지 않을 수도 있어."

"김영철 관장은 어떻게……?"

"그건 내가 알아서 한다. 김 기자가 어렵다고 하니 내가 움직여야지 별수 있겠어? 가서 쉬어. 이제부터는 내가 할 테니까."


\*　　　　\*　　　　\*

김 관장은 얼마나 많은 사람들에게 시달렸는지 힘이 들어 녹초가 되어버렸다.

공식적인 기자회견을 빼고는 나머지를 모두 그가 처리했기 때문에 경기가 끝나자 눈코 뜰 새 없이 바빴다.

그의 전화기는 불똥이 튀고 있었다.

언론사는 물론이고 광고사, 심지어 대기업 홍보실뿐만 아니라 심지어 정관계의 인사들까지 전화를 해댔기 때문에 이틀이 지나자 아예 전화기를 꺼버렸다.

하지만 찾아오는 사람들은 어쩔 수 없었다.

더군다나, 친척들은 물론이고 자신이 어려울 때 도와주었던 지인들과 친구들까지 동원해서 집요하게 접근해 오는 사람들이 대부분이라 못 만나겠다고 뿌리친다는 건 쉬운 일이 아니었다.

일정 관리는 김만덕이 해줬지만 언론과 광고에 관한 사항에 대해서 강태산은 모든 걸 그에게 위임한 후 일체의 간섭도 하지 않았다.

오늘 있었던 기자회견은 엄청난 인파가 몰려들었다.

무패의 가도를 달리며 카니언과 함께 UFC를 대표하던 쌍두마차 중 한 명인 맥도웰을 꺾고 챔피언에 우뚝 올라선 강태산의 인기는 상상을 초월할 정도로 대단했다.

심지어 JYN에서는 강태산의 공식 인터뷰를 생중계하기까지 했다.

시장판처럼 시끌벅적했던 공식 인터뷰의 주요 내용은 카니언과의 대전에 관한 질문이 대부분이었다.

언론의 주요 관심사는 벌써 카니언과의 시합에 초점이 맞춰져 있었기 때문에 방어전에 대해서는 질문이 거의 없었다.

마침내 기자회견이 끝나고 프레스센터를 나올 때 김 관장은 불쑥 날아온 한 통의 전화를 받았다.

외삼촌으로부터 온 전화였다.

불안감에 그의 눈빛이 흔들렸다.

김 관장이 어렵고 힘들었을 때 3년 동안이나 식구들과 함께 외삼촌의 집에서 살았으니 그에게는 은인이나 다름없는 분이었다.

만약 그때 외삼촌이 받아주지 않았다면 첫돌이 채 지나지 않았던 김만덕을 옆구리에 끼고 길바닥에 나앉을 수밖에 없었다.

외삼촌은 그때 외숙모의 눈총을 언제나 가로막으며 푸근한 말씀으로 그를 위로해 주었다.

사람은 자신이 먹고살 것은 가지고 태어나니 곧 너도 날개를 펴고 잘 살게 될 것이라며 격려를 해주신 분이었다.

그랬기에 거절할 수 없었다.

외삼촌은 다른 사람들과는 다르게 직접 강태산이 JYN의 대단한 도전에 출연할 수 있게 도와달라며 사정을 했다.

도대체 무슨 이유가 있었던 것일까?

오랜만에 불쑥 전화를 해온 외삼촌은 시골에서 농사를 짓고 있었으니 방송사와 줄이 닿았다는 게 이해가 되지 않았다.

서경석이 그를 찾아온 것은 강태산이 공식 기자회견을 마치고 김만덕과 함께 시내를 돌아본다며 호텔에서 나갔을 때였다.

"안녕하십니다. 김춘호 선생님께서 보낸 사람입니다. JYN의 서경석 국장입니다."

"이야기는 들었습니다."

"그렇다면 용건만 말씀드리겠습니다. 도와주십시오."

"정말 당신들 집요하군요. 김 기자의 부탁으로 경기를 앞두고도 출연했는데 그것으로 모자란단 말이요!"

"강태산 선수는 대한민국의 영웅입니다. 국민들은 강태산 선수에 대해서 더 많은 것을 알고 싶어 합니다. 그러니 김 관장님 도와주십시오."

"태산이는 텔레비전에 출연하는 것을 좋아하지 않습니다. 그러나 내 외삼촌까지 움직였으니 그분 얼굴을 봐서 물어는 보겠습니다만 기대는 하지 마십시오. 나는 태산이가 안 한다면 강요할 생각이 눈곱만치도 없으니까요."

"부탁드립니다."


강태산이 돌아온 것은 저녁 무렵이었다.

그렇게 치고받는 난타전을 벌였음에도 강태산은 언제 그랬냐는 듯 활기차게 돌아다니고 있었다.

물론 치명적인 대미지를 받은 건 아니었지만 강태산의 회복력은 정말 이해하지 못할 정도로 빨랐다.

강태산이 챔피언이 되면서 가장 신난 것은 김만덕이었다.

그는 5달 전부터 은행원과 사귀고 있었는데 사람이 괜찮았기 때문에 깊은 관계까지 간 상태였다.

김만덕의 나이 29살.

많은 나이는 아니었으나 여자의 나이가 28이었으니 자연스럽게 결혼을 생각할 수밖에 없는 상황이었다.

강태산의 긴장을 풀어주기 위해 한 말이었지만 진심이 담긴 말이기도 했다.

챔피언을 보유한 만덕체육관은 앞으로 밀려드는 관원들로 인해 승승장구해 나갈 것이고 매니저 비용으로 받는 금액도 만만치 않게 될 것이다.

활짝 핀 웃음을 지으며 강태산의 뒤에서 따라오던 김만덕이 아버지를 발견한 것은 호텔의 로비에서였다.

그는 요즘 들어 여자친구를 사귄 이후에는 아버지인 김 관장을 깍듯하게 모셨다.

"아버지, 왜 나와 계세요?"

"잘 놀다 왔냐?"

김만덕이 물었으나 그의 눈은 강태산을 향하고 있었다.

강태산의 옆에는 마치 호위하듯 최유진과 김숙영이 자리를 함께하는 중이었다.

그녀들은 언제나 취재를 핑계로 강태산의 곁을 떠나지 않았다.

"저를 기다렸습니까?"

"그래."

"무슨 일 있어요?"

"잠깐 이야기 좀 하자."

김 관장이 등을 돌리자 강태산의 표정이 슬쩍 변했다.

김 관장은 지금까지 자신에게 해가 되는 행동은 한 번도 한 적이 없는 사람이었다.

그런 사람이 잔뜩 굳어진 얼굴로 이야기를 하자며 등을 돌린다는 건 뭔가 말하기 어려운 일이 생겼다는 뜻이다.

그랬기에 강태산은 그를 따라 그릴로 들어갔다.

"뭔데 그러세요. 표정이 좋지 않습니다."

"태산아, 내가 할 말이……."

"관장님하고 어울리지 않습니다, 그런 표정은요. 그냥 편하게 말씀하세요."

"실은 내가 어려운 부탁을 받았다. 거절하기 너무 어려워서······. 너한테 미안하다."

"뭡니까?"

"나한테 외삼촌이 계시다. 그분은······."

김 관장은 연신 한숨을 내리쉬면서 자신이 은혜를 입었던 이야기를 했다.

그런 후 마지막에 기어코 하고 싶지 않았던 이야기를 꺼냈다.

"그분께서 너를 대단한 도전에 출연하게 해달라고 부탁을 하셨다. 아까 JYN의 국장이 찾아왔어. 도대체 어떻게 한 거냐고 따져 물었더니 내 조카가 이번에 JYN 신입 사원 공채에 지원을 했다고 하더라. 도와주면 좋은 결과가 있을 거라면서 힘을 써달란다. 씨발, 이 새끼들이 이제 조카까지 인질로 잡고 지랄을 한다."

"난 또 관장님이 잔뜩 표정이 굳어서 큰일 난 줄 알았습니다. 걱정하지 마세요. 그까짓 거 잠시 출연해 주면 되죠. 언제 한답니까?"

"태산아, 마음에 내키지 않으면 안 해도 돼. 나 때문에 네가 하기 싫은 걸 억지로 하는 건 나도 싫다."

"언제 하나니까요?"

"내일 오후에 찍는다더라."

"전화하세요. 내일 시간 정해서 알려주면 나간다고요. 이젠 됐죠? 그럼 이제 얼굴 푸시고 밥이나 먹으러 갑시다."

최유진은 밥을 먹으면서 강태산의 얼굴을 계속해서 훔쳐봤다.

휴…….

자신도 모르게 한숨이 흘러나왔다.

처음 그를 봤을 때의 모습은 어디론가 사라지고 지금의 그는 후광이 비칠 만큼 대단한 자신감과 아우라를 뿜어내며 도도한 자세로 앉아 있었다.

뒤늦게 JYN의 간판 예능 프로그램인 '대단한 도전'에 강태산이 출연하게 되었다는 것을 알게 되었다.

역시 JYN의 히트제조기라 불리는 서경석답다.

무슨 수작을 벌였는지 그는 텔레비전에 나가는 걸 극도로 꺼려하는 강태산을 시합이 끝나고 단 3일 만에 출연시키는 쾌거를 이루었다.

최유진은 슬쩍 김숙영의 얼굴을 바라보았는데, 안색이 눈에 띄게 어두워져 있었다.

그녀의 표정은 밥을 먹기 위해 일행이 움직여 식당에 도착했을 때 변했는데 김만덕의 입에서 강태산의 출연 소식을 들은 후부터였다.

김숙영은 관여하지 않았다는 뜻이다.

그녀가 강태산에게 접근해서 일을 추진했었다면 지금쯤 활발한 성격을 지닌 김숙영은 술잔을 내밀며 온갖 아양을 떨고 있을 것이다.

'대단한 도전'에는 김가을과 서유경이 출연진으로 참여하고 있었다.

그녀들이 대단한 도전에 합류했을 때 수많은 루머들이 양산되었다.

텔레비전에 출연해서 강태산이 이상형이라고 떠벌렸던 김가을은 물론이고 서유경까지 뉴욕으로 날아온 이유가 모종의 썸씽 때문이라는 추측성 기사들이 포털 사이트와 연예 신문을 빼곡하게 차지했다.

물론 그런 루머들이 전부 맞는다고는 누구도 생각하지 않을 것이다.

기자들의 이런 추측성 기사는 특히 연예계 측에서는 비일비재하게 벌어지는 일이었다.

그런 기사들을 믿지 않았지만 기분이 내려앉는 걸 막을 수가 없었다.

그만큼 김가을과 서유경의 존재는 사방을 가로막은 벽처럼 그녀를 암담하게 만들고 있었다.

처음의 불쾌했던 감정은 그와 오랜 시간 동안 그와 같이하면서 어느새 호감으로 바뀌어갔고, 사랑이란 단어를 연상시킬 만큼 아름다운 것으로 변해갔다.

그녀의 감정이 깊어질수록 강태산의 옆을 지키는 것은 점점 고통스러워졌다.

강태산은 처음 만날 이후 지금까지 한 번도 개인적인 감정을 가진 채 그녀를 대하지 않았다.

가슴이 아팠지만 속으로 꽁꽁 숨긴 채 바깥으로 내놓지 않았다.

강태산은 이제 대한민국을 대표하는 슈퍼스타가 되었으니 여기서 자신의 감정을 드러낸다는 것은 정말 바보 같은 짓이나 다름없다고 생각했기 때문이었다.

자신도 모르게 술잔으로 손이 자꾸 움직였다.

사람은 답답할 때 술을 찾는 모양이었다.

"내가 한잔 따라줄까요?"

생각에 잠겼기 때문인지 옆에 사람이 온 걸 알아채지 못했다.

퍼뜩 고개를 들자 강태산이 밝은 웃음을 지은 채 그녀를 바라보고 있었다.

"무슨 생각을 그렇게 열심히 합니까. 술잔이 비었군요. 한잔 따라줄 테니 마시고 나도 한잔 주세요."

　　　　　*　　　　　*　　　　　*

　강태산은 호텔 방에 있다가 김 관장의 호출을 받고 방을 나섰다.

　JYN 측에서는 어떤 방법을 동원했는지 아직 옥타곤이 철거되지 않은 매디슨 스퀘어가든에서 '대단한 도전'의 녹화를 진행한다고 알려왔다.

　오후 2시.

　오랜만에 늦잠을 자고 일어나 점심까지 먹은 후 강태산은 시간에 맞춰 옷을 갈아입었다.

　편한 복장이다.

　흰색 면 티에 청바지를 받쳐 입은 모습.

　그러나 그것만으로도 군살 없는 그의 몸은 마치 런웨이를 걷기 위해 준비하는 모델처럼 보였다.

　매디슨 스퀘어가든에 도착하자 담당 PD인 현동헌과 서경석이 정문까지 나와서 그를 맞아들였다.

　그들을 따라 안으로 들어가자 수많은 카메라와 '대단한 도전'의 스태프들이 출연진을 중심에 두고 포진되어 있는 것이 보였다.

　안으로 들어서는 순간 스태프들은 물론이고 대한민국에서 최고의 스타들이라 불리는 출연진이 열렬한 박수를 보내왔다.

그들은 강태산이 모습을 드러내자 마치 나라를 구한 영웅을 맞이하듯 황홀한 눈으로 시선을 떼지 못했다.

녹화를 준비하는 동안 서경석이 슬며시 강태산의 옆으로 다가왔다.

"강 선수, 출연을 결정해 줘서 고맙습니다."

"정말 그렇게 생각하십니까?"

"무슨 말씀이신지……?"

"서 국장님이 세상을 지금까지 어떻게 살아왔는지 알 것 같군요. 남의 약점을 잡아서 일을 성사시키는 방법을 나는 좋아하지 않습니다."

"그건……."

강태산의 대답에 서경석의 얼굴이 순식간에 흐려졌다.

하지만 강태산은 그를 바라보는 싸늘한 시선을 바꾸지 않았다.

"나는 오늘 김 관장님의 굳어진 얼굴을 보고 이곳에 왔습니다. 아마, 김 관장님이 아니었으면 이곳에 오지 않았을 겁니다."

"강 선수가 워낙 텔레비전 출연을 꺼려한다는 말을 듣고 어쩔 수 없었어요. 미안합니다."

"앞으로 나를 출연시키고 싶다면 당당하게 말씀하시기 바랍니다. 격투기 선수에게 뒤통수를 치는 건 바람직한 방법이 아닙니다."

"…알겠습니다."

"오래 있고 싶지 않으니 한 시간만 있다가 가겠습니다."

"그러시면 저희가 힘들어집니다……. 이왕 오신 거 조금만 더 시간을 주면 안 되겠습니까?"

"그럴 기분이 아닙니다. 나는 정확하게 한 시간 후에 이곳을 나설 테니 알아서 진행해 주시길 바랍니다."


강태산의 폭탄 같은 선언에 서경석의 얼굴이 더욱 어두워졌다.

이런 경우는 처음 당해본다.

지금까지는 대부분의 스타들은 물론이고 일반인들까지 텔레비전에 출연한다는 것 자체를 영광으로 생각했기에 JYN에 근무할 동안 그는 왕처럼 행세할 수 있었다.

물론 자신이 정해놓은 시간에 맞추기 위해 강태산에게 썼던 방법처럼 최고의 스타를 섭외한 적도 있었다.

하지만 그들은 대부분은 출연이 결정되면 최선을 다해 녹화를 했고 그는 그것을 느긋하게 즐기며 마지막 순간에는 고맙다는 인사까지 받아왔다.

그러나 강태산은 가라앉은 눈빛으로 서경석을 노려보며 단 한 시간만 할애하겠다는 선언을 해버렸다.

강태산의 눈빛은 시합을 할 때처럼 더없이 냉정했고 차가웠기 때문에 어떠한 여지도 바랄 수 없을 것 같았다.

하지만 그는 베테랑이었다.

금방 평정을 되찾은 그는 현동헌에게 빠르게 지시한 후 녹화를 시작하라는 사인을 보냈다.

한 시간.

조금 빠듯한 시간이었으나 '대단한 도전' 팀은 JYN이 보유한 최고의 스태프들이 포진했기 때문에 서두른다면 충분히 가능할 것 같았다.

자신도 모르게 자조의 웃음이 떠올랐다.

입 밖으로 꺼내지는 않았지만 정말 재미있는 놈이다.


베테랑 MC 김기동의 화술은 그야말로 능수능란이란 단어가 얼마나 적절한지 보여줄 정도로 대단했다.

그는 현동헌의 오픈 사인이 나오자마자 강태산을 앞에 두고 속사포처럼 떠들기 시작했는데 어색했던 분위기를 단숨에 덮어버릴 정도로 화려한 진행 솜씨를 보여주었다.

시합 준비 과정부터 경기가 진행되었던 순간, 경기를 KO로 이기고 포효를 터뜨리던 모습까지 일일이 열거하며 그는 출연진과 더불어 최대한의 극적인 장면들을 뽑아내었다.

서경석과의 일을 모르는 출연진은 강태산을 옆에 두고 별별 우스꽝스러운 모습을 보이며 입담을 과시했다.

'대단한 도전' 팀의 고정 멤버들은 최고의 시청률을 보유한 것이 그냥 이루어진 게 아니라는 걸 증명이라도 하듯 번갈아 가며 강태산에게 질문을 하면서 웃고 떠들었는데 얼마나 자연스러웠던지 친구들끼리 노는 것처럼 보일 정도였다.

방송 녹화에서 한 시간이란 시간은 무척 짧다.

엔지가 나오기도 하고 기기가 고장 나거나 화면이 잘못 잡히는 경우도 생기기 때문에 수시로 녹화가 중단되기 때문이었다.

카메라의 뒤쪽에 서 있던 현동헌의 사인이 남모르게 김기동을 향해 전해진 것은 시간이 50분 정도 흐른 후였다.

그러자 사인을 확인한 김기동은 개그우먼 장한나가 강태산의 곁에 찰싹 붙어 아양을 떠는 장면에서 칼로 무를 베듯 그녀를 떼어내고 대뜸 눈알을 부라렸다.

"어디서 우리의 히어로한테 아양을 떨고 있어. 시청자들이 보면 얼마나 화를 내시겠어!"

"어머, 어머. 내가 어때서요. 강태산 선수하고 나하고 너무 너무 잘 어울리는 것 같지 않아요?"

눈치 빠른 장한나가 대사를 치자 김기동과 출연진이 배꼽을 잡고 웃었다.

그녀는 거의 80kg에 육박할 정도로 대단한 몸집을 가졌는데 몸무게에 비해 훨씬 더 뚱뚱하게 보인다.

장한나를 떼어버린 김기동이 출연진의 웃음을 중단시키며 강태산을 바라보았다.

"강태산 선수, 질문이 있습니다. 이건 조금 화끈한 질문인데 솔직하게 대답해 주실 수 있겠습니까?"

"일단 질문부터 받아봐야 되겠군요."

"뭐, 어려운 건 아닙니다. 저기 계신 분들 중에 이상형이 있는지 말씀해 주십시오."

김기동이 장난기 가득 든 표정으로 옆쪽에 주욱 늘어서 있는 여자 출연자들을 가리켰다.

김가을과 서유경, 요즘 한창 걸그룹으로 인기를 끌고 있는 '화이트 문'의 한효민과 김규리가 서 있는 쪽이었다.

갑작스러운 김기동의 질문에 '대단한 도전'의 고정 멤버들은 물론이고 도민우를 비롯한 남자 출연자들과 50여 명의 스태프들이 동시에 강태산을 바라봤다.

그들의 눈에 든 것은 참을 수 없는 호기심과 궁금증이었다.

반대로 지목당한 네 명의 여자들은 순식간에 긴장된 표정을 지었다.

얼굴은 웃고 있었지만 그녀들의 표정은 어색함과 흥분으로 붉은 단풍처럼 물들어갔다.

모든 사람들이 자신을 바라보자 강태산의 얼굴에서도 어색한 웃음이 떠올랐다.

그러나 그는 김기동을 향해 입을 여는 걸 주저하지 않았다.

"모두 아름다운 분들이라서 고르기가 힘들군요. 하지만 굳이 이상형을 꼽으라고 한다면 김가을 씨가 저랑 어울릴 것 같습니다."

강태산의 대답에 모든 사람들의 입에서 탄성이 흘러나왔다.

하지만 두 주먹을 불끈 쥐면서 가장 행복한 웃음을 지은 건 서경석과 현동헌이었다.

자신들이 의도했던 바를 강태산이 여과 없이 따라주었기 때문이었다.

더군다나 김가을은 평소부터 강태산이 이상형이라 말했기 때문에 이제 김기동이 양념만 쳐준다면 더 이상 바랄게 없었다.

"와우, 김가을 씨가 당첨되었습니다. 김가을 씨, 이쪽으로 나와주시겠습니까?"

김기동이 직접 다가가서 김가을의 손을 붙잡고 중앙으로 나왔다.

그에게 손을 잡힌 채 따라 나오는 김가을의 얼굴에는 뜻 모를 미소가 가득 들어 있었다.

"김가을 씨, 우리의 영웅 강태산 선수가 이상형으로 지목을 했습니다. 지금 심정이 어떠십니까?"

"좋아요."

"평소에 강태산 선수를 이상형으로 말씀하셨죠?"

"…네."

김기동의 질문에 얼굴이 복사꽃처럼 물든 김가을이 부끄러운 목소리로 대답을 했다.

그러자 김기동의 웃음이 더욱 진해졌다.

"자, 이쪽으로 서보세요. 강태산 선수와 서보시라니까요. 여러분, 어떠세요. 두 사람 어울리나요?"

"엄청 잘 어울려요!"

대단한 도전 팀 멤버들이 난리 블루스를 쳤고 남자 출연자들이 거기에 호응을 했다.

그러자 김기동의 질문이 더욱 영악하게 변했다.

"김가을 씨, 혹시 강태산 선수가 데이트하자고 하면 응할 의향이 있습니까?"

"언제요?"

"언제든 말입니다."

"여기 말고 서울에서 해주신다면 기꺼이 받아들이겠어요."

"와우!"

이번에는 김가을의 대답에 또 한 번 난리 블루스가 났다.

김가을이 공식 자리에서 강태산의 데이트 신청을 받아들이겠다고 말한 건 대형 사고나 다름없는 것이기 때문이었다.

김기동은 마치 뚜쟁이처럼 변했다.

그는 김가을의 대답을 듣고 출연진과 스태프들이 전부 박수를 치면서 환호를 보내자 이번에는 강태산을 향해 얼굴을 드밀었다.

"강태산 선수, 우리나라 최고의 영화배우 김가을 씨가 강태산 선수가 데이트 신청하기를 바라고 있습니다. 어떻게 해보실 의향이 있습니까?"

"글쎄요. 저는 일개 격투기 선수에 불과한 사람입니다. 여기 와서 직접 김가을 씨를 보니까 눈이 부셔서 감히 바라보기가 어려울 지경이네요. 같이 있으면 바라보기도 힘든 분께 제가 어떻게 데이트 신청을 할 수 있겠습니까?"

"받아들인다잖아요!"

"저는 아무래도 김가을 씨처럼 아름다운 분과 밥을 먹으면 체해서 한동안 고생을 해야 될 것 같습니다. 괜한 고생을 할 것 같단 말이죠. 그래서 하면 안 될 것 같습니다. 격투기 선수가 배탈이 나면 안 되잖습니까."

"헐! 시청자 여러분 강태산 선수가 이렇습니다. 이 사람 이거 바보 아닙니까. 이제 보니 죽어라고 훈련만 해서 그런가, 숫기가 전혀 없네요."

재치 있게 김기동이 강태산의 말을 받아넘겼으나 김가을의 표정은 이미 점점 굳어져 가고 있었다.

베테랑답게 김기동은 그런 어색함을 순식간에 해소시키며 현동헌의 사인에 맞춰 마무리를 하기 시작했다.

강태산이 말했던 한 시간이 거의 다 되었기 때문이었다.


"아이고, 저런 멍텅구리 같으니라고!"

뒤쪽에 서서 지켜보던 김만덕이 입에 거품을 물었다.

어색한 표정으로 자리에 돌아가는 김가을을 바라보며 그의 얼굴은 자신이 퇴짜를 맞은 사람처럼 잔뜩 굳어 있었다.

하지만 그의 양쪽에 서서 구경하고 있던 최유진과 김숙영의 표정은 완전히 그와 반대였다.

속이 시원하다는 표정.

그녀들은 강태산이 김가을과의 데이트를 교묘한 이유를 들어 거부하자 알 수 없는 웃음을 지으며 반기고 있었다.

툴툴거리던 김만덕이 이상하다는 표정을 지은 건 그녀들의 웃음을 본 후였다.

"아니, 왜 그렇게 웃어요?"

"재미있어서요."

"뭐가 재밌어요. 저 바보 같은 형이 다시는 돌이킬 수 없는 실수를 저질렀는데?"

"생각해 봐요. 우리나라 최고의 여신이라 불리는 김가을을 퇴짜 놨는데 얼마나 재밌어요. 역시 강태산 선수, 대단해요."

"흥, 텔레비전이니까 김가을 씨가 저렇게 대답한 거지, 진짜 형하고 데이트하겠어요? 여자가 재치 있게 그런 립서비스를 했으면 눈치 빠르게 호응을 해야지 저게 뭐야. 아휴 정말 바보라니까!"

"만덕 씨가 몰라서 그렇지 이게 방송에 나가면 난리 날 거예요. 저기 서 국장님하고 현 PD 얼굴 안 보여요?"

"어라, 저 사람들은 왜 저렇게 웃고 있대?"

"끝내주는 그림이 나왔으니까 웃는 거예요. 강태산 선수는 가뜩이나 여자들한테 인기 많았었는데 이 장면이 방송에 나가면 난리 나겠어요."

"왜요?"

"강태산 선수는 보통 여자들이 좋다는 말을 했잖아요. 그러니까 보통 여자들이 얼마나 좋아하겠어요."

"우리 형이 언제 보통 여자들이 좋다고 했어요?"

"태산 씨가 한 말을 시청자들은 그렇게 받아들일 거예요."

"환장하겠네요."

김만덕이 최유진을 바라보며 당최 이해하지 못하겠다는 표정을 짓자 이번에는 방긋 웃으며 김숙영이 나섰다.

"그건 남자들도 마찬가질걸요. 남자들은 김가을 같은 배우를 얼굴이라도 한번 보는 걸 소원으로 생각하는데 태산 씨가

통쾌하게 거절했으니 얼마나 속이 시원하겠어요. 내가 봤을
때는 강태산 선수는 상종가를 칠 것 같아요."

"와, 김 기자님은 한술 더 뜨는군요."

"저 사람, 영악해서 그런 것도 미리 생각하고 말한 거 아닌
지 모르겠어요."

"우리 형 영악하지 않아요. 김 기자님은 태산이 형이 얼마
나 무식한지 몰라서 그래요."

"태산 씨가 무식하다고요?"

"그럼요. 나 때릴 때 보면 무식이 철철 넘친다니까요."

"그래서 태산 씨가 만덕 씨를 좋아하는 거 같아요. 만덕 씨
는 너무 순진하거든요."

"그거 욕이죠?"

"욕 아니에요."

"어쨌든 난 우리 형 오늘 마음에 안 들어요. 저렇게 천사 같
은 김가을 씨를 가슴 아프게 하다니. 바보, 천치, 멍텅구리라
고요!"

제5장
**도전과 응전**

통일부 장관 지창욱이 판문점을 통해 극비리에 평양으로 들어온 것은 아침 9시 무렵이었다.

긴급 회동 요청.

북한의 긴급 전화는 어젯밤 그의 핸드폰으로 연결되었는데 실무 책임을 맡고 있는 통전부장 김사영에게서 온 것이었다.

그와는 최근 1년 동안 거의 50여 차례나 통화를 했고 직접 본 것도 10번이 넘었다.

현재 거의 마무리가 되어가는 평양의 재건을 위해 대한민국의 건설사들이 대거 들어가 있었기 때문에 남북 실무를 담당하고 있는 두 사람은 수시로 연락을 주고받을 수밖에 없었다.

참으로 지겨운 인연이다.

그를 처음 만난 건 10년 전이었으나 김사영과 웃는 얼굴로 마주 대하기 시작한 건 채 1년도 되지 않았다.

김정은이 살아 있었을 때 그는 언제나 자신을 괴롭히며 직업에 회의를 품게 만들 만큼 지독하게 굴었다.

그의 입은 언제나 반대를 위한 반대로 열렸다.

아무리 남한이 좋은 만남을 제의해도 김사영은 냉소를 머금고 어이없는 조건을 내밀며 거부를 해왔기에 답답한 가슴을 부여잡은 게 한두 번이 아니었다.

그러면서도 수해나 기근으로 인한 지원에는 뻔뻔하리만치 당당하게 요구했다.

마치 맡겨놓은 쌀을 내놓으라는 표정과 함께.

북한은 벌써 20년이 넘도록 미국을 중심으로 한 세계로부터 강력한 경제제재를 당하고 있었기 때문에 인민의 생활은 피폐해질 대로 피폐해진 상태였다.

지하자원을 탐내서 수시로 차관을 빌려준 중국과 핵으로 무장한 북한의 협박에 어쩔 수 없이 비밀리에 지원을 한 일본, 동포라는 이유로 미국의 눈치를 보면서 쌀을 보낸 남한이 없었더라면 북한은 벌써 오래전 자폭에 가까운 결정을 내렸을지 모른다.

국방위원장에 오른 신기혁은 1년 만에 북한 내부를 확실하게 장악하고 자신의 사람들로 중요 보직을 채우며 정권 교체에 성공했다.

하지만, 여전히 북한 주민들의 생활은 곤궁함을 벗어나지 못한 채 헐벗고 굶주리는 중이었다.

지도자가 바뀌었다고 백 년 넘도록 이어온 가난이 없어지는 건 아니었다.


모란봉 초대소에 들어서던 지창욱은 눈을 가늘게 오므렸다.

뭔가 분위기가 달랐기 때문이었다.

초대소에는 면밀한 경계망이 쳐져 있었고 보위부의 차량들이 군데군데 보였다.

응접실로 들어서자 김사영이 자리에서 일어나 걸어 나오며 활짝 웃었다.

그의 얼굴은 바라본 지창욱은 곧바로 손을 내밀며 반갑게 인사를 건넸다.

얼굴은 웃고 있었지만 눈은 웃지 않았다.

과연 뭘까.

뭐가 그리 시급하기에 무조건 와달라며 간곡한 목소리로 전화를 해왔던 것일까?

"김 부장님, 잘 계셨습니까. 두 달 전보다 얼굴이 더 좋아진 것 같습니다."

"별말씀을요. 오시느라고 수고하셨습니다. 일단 자리에 앉읍시다."

김사영의 안내에 따라 지창욱은 응접실의 반을 차지하고 있는 거대한 소파에 앉았다.

그를 수행해 온 보좌관들은 북한 측의 실무자들에 의해 별실에서 대기하는 중이었기 때문에 응접실에는 그와 김사영 둘뿐이었다.

"봄이 되니까 날씨가 좋군요. 평양도 제 모습을 찾아가서 제가 다 기쁩니다."

"남한에서 도와준 덕분이지요."

"동포끼리 당연히 도와야죠. 우리 대통령님께서는 며칠 전 마지막까지 최선을 다해주라는 지시를 내리셨습니다."

"고마운 말씀입니다."

말하는 와중에 곱게 한복을 차려입은 여인이 차를 내려놓고 사라졌다.

차향이 응접실에 퍼지며 향기로운 냄새를 풍겨냈다.

그러나 지창욱은 마음이 불편했다.

자신을 이곳까지 오게 만든 김사영이 잔뜩 굳어진 얼굴로 긴장감에 사로잡혀 있었기 때문이었다.

하지만, 언제까지 이러고 있을 새가 없다.

긴급 보고를 마치고 대통령의 재가를 얻어 평양으로 넘어왔지만 오늘 중으로 돌아가야 한다.

"자, 아시다시피 제가 시간이 없습니다. 정상 경로를 통해 들어온 것이 아니기 때문에 제가 이곳에 있다는 것을 알게 된다면 야당이나 국민들이 의혹을 나타낼 겁니다. 그러니 김 부장님, 이제 말씀해 보시죠."

"지 장관님, 저는 저희 국방위원장 동지의 명을 받고 지 장관님을 초대했습니다."

"뭐라고요?"

"조금 있으면 국방위원장 동지께서 이곳으로 들어오실 겁니다. 잠시만 기다려 주십시오."

"허어!"

지창욱의 얼굴이 하얗게 변했다.

너무나 갑작스러운 말에 당황도 되었지만 머릿속은 번개처럼 회전하며 이 상황을 해석하느라 정신이 없었다.

신기혁 국방위원장은 현재 북한을 통치하고 있는 지도자였다.

그동안 북한에 다섯 번이나 넘어와 공식 회담을 했으나 지금까지 그를 한 번도 보지 못했다.

베일에 가려져 있는 인물.

강력한 카리스마로 북한 군부를 장악했고 인민들의 지지를 끌어모았으나 그는 공식 자리에 모습을 드러내지 않았기 때문에 세계 각국의 정보국 레이더에 거의 잡히지 않는 신비의 인물이었다.

"김 부장님, 이건 외교상의 절차에 맞지 않는 일입니다. 이런 경우가 어디 있단 말입니까. 저는 대통령님께 이 사실을 먼저 보고해야 되겠습니다."

"하십시오. 대신 이것만 알아줬으면 좋겠습니다."

"뭡니까?"

"아마, 미국은 지 장관님이 이쪽으로 넘어오는 순간부터 촉각을 세운 채 주시하고 있을 겁니다. 미국의 도청 능력이 어느 정도인지 알고 계실 거요. 지금 장관님이 박무현 대통령님께 전화를 하게 되면 결코 좋은 일이 벌어지지는 않을 것 같소."

"이보시오!"

무슨 뜻인지 알지만 목구멍을 통해 소리가 터져 나왔다.

미국이 알면 안 되는 일.

자신의 행동 하나에 북한과 남한이 동시에 곤란해질 수도 있는 일을 북한의 지도자가 하려 한다는 뜻이다.

그랬기에 지창욱은 소리를 지른 채 김사영을 노려보았다.

하지만, 김사영은 노려보는 지창욱을 바라보며 희미한 웃음을 지을 뿐이었다.

보위부를 상징하는 미색 군복을 입은 군관이 뛰어와 김사영의 귓가에 뭔가를 이야기한 것은 지창욱이 답답함을 견디지 못하고 입을 떼려는 순간이었다.

"곧, 국방위원장 동지께서 도착하신답니다. 장관님, 답답하더라도 잠시만 참아주시죠."


*            *            *


박무현 대통령은 최근 1년 동안 수많은 난관에 부딪쳤다.

북한의 지원에 들어간 비용만 해도 1조 3,000억이 훌쩍 넘었기 때문에 최근 들어서는 퍼주기 논란이 다시 시작되고 있었다.

참으로 깊고 넓다.

제3국의 지원을 받아 지도자의 위치에 오른 자들을 제거했지만 어느새 그들은 1년이 지나지 않았을 뿐인데도 세를 회복해서 반격을 가해오고 있었다.

더욱 박무현 대통령을 힘들게 만들고 있는 것은 국민들의 여론이 점점 식어간다는 것이었다.

수시로 언론을 통해 퍼주기라는 기사가 흘러나가자 전폭적인 지지를 나타내던 국민 여론은 점점 부정적인 시각으로 변하고 있는 중이었다.

창가를 바라보며 지는 석양을 바라보았다.

아름답다.

집무실에서 바라보는 대한민국의 석양은 인왕산을 가득 메우며 하늘에 꿈결 같은 그림을 그려놓았다.

한동안 움직이지 않았다.

과연 내가 잘하고 있는 것일까.

역대 대통령 누구도 하지 못했던 모험.

통일을 위한 초석을 깔아놓고 퇴진할 수만 있다면 무슨 일이라도 할 수 있다던 용기와 투지는 다른 나라의 이익을 위해 움직이는 자들에 의해 방해받으며 점점 위축되고 있었다.

눈을 감았다.

진정한 충성이란 과연 무엇이란 말인가.

대한민국에서 태어나 대한민국에서 자란 이들이 개인의 영달을 위해 매국노의 길을 걸어간다는 것이 너무나도 분하고 안타깝다.

그러나 더욱 그를 힘들게 하고 있는 것은 국민들의 생각이었다.

대통령에 대한 지지율은 변함이 없지만 그들은 북한에 대한 지원에 대해서만큼은 언론의 교묘한 선동에 동요되었다.

역대 정권이 벌여온 통일에 대한 열망과 주관이 모두 달랐기 때문에 벌어진 현상이라 가슴이 아팠다.

국민들을 이렇게 만든 것은 모두 사회 지도층에 있던 자들이 자신들의 이익을 위해 국론을 분열시키면서 발생된 것이었다.

문이 열리며 비서실장이 급하게 들어온 것은 박무현 대통령이 하늘을 가득 채웠던 석양에서 시선을 떼고 돌아설 때였다.

"대통령님, 통일부 장관이 들어오고 있습니다."

"지금 위치는 어딥니까?"

"광화문을 지났다고 합니다. 10여 분이면 들어올 것 같습니다."

"그렇다면 기다려야겠군요."

벌써 6시가 훌쩍 넘었지만 박무현 대통령은 소파에 앉아 텔레비전을 켰다.

채널을 돌리자 북한 퍼주기에 대해서 패널들을 모아놓고 떠드는 종편 방송이 나타났다.

자신도 모르게 손이 멈추고 그들의 이야기에 귀를 세웠다.

강렬한 비판.

한성신문의 주간으로 있는 방만호가 입에 거품을 물면서 대북 지원의 불합리성에 대해서 비난을 늘어놓고 있었다.

그의 논리는 간단했다.

북한은 그동안 남한의 지원을 받아 핵무장에 성공했고 언제나 침공을 노리는 주적인데 아무런 조건 없이 혈세를 낭비하며 계속해서 지원을 한다는 것은 밑 빠진 독에 물을 붓는 것을 넘어서서 독약을 들이마시는 것과 똑같은 짓이라는 것이었다.

방만호는 이대로 계속 지원을 한다면 국민 1인당 수십만 원의 세금을 더 내야 한다는 자료까지 들고 와서 떠들었기 때문에 무척 신빙성이 있어 보였다.

"비서실장, 저 사람 자료는 어디서 나온 걸까요?"

"대충 계산한 거겠지요. 지원 금액에다 인구수를 감안해서 계산한 걸 겁니다."

"저 사람 말대로라면 국민들이 싫어하겠군요."

"서민들은 당연히 좋아하지 않습니다. 세금을 더 내는 걸 좋아하는 사람들이 어디 있겠습니까."

"음……."

"현재 대북 지원금의 50%는 대기업에서 출연하고 있습니다. 그들이 얻은 반사이익을 환원시키고 있는 건데 저자는 그런 것은 전혀 반영하지 않고 있습니다."

"어쨌든 국민이 세금을 더 내야 된다는 건 사실이지 않습니까?"

"통일의 밑거름을 돈으로 환산한다는 것은 옳지 않은 일입니다. 저자는 선동가에 불과한 놈입니다."

"휴우…… 걱정이군요."

박무현 대통령의 입에서 한숨이 새어 나왔다.

그때 비서실장의 가슴에서 진동이 울렸다.

"대통령님, 통일부 장관이 도착했답니다."


집무실로 들어서는 통일부 장관의 얼굴은 홍분으로 붉게 달아올라 있었다.

그랬기에 박무현 대통령은 긴장된 눈으로 그를 바라볼 수밖에 없었다.

"장관님, 힘드셨겠습니다. 일단 앉으시죠."

"예, 대통령님."

"물 한잔하시겠습니까?"

"아닙니다. 그것보다 먼저 다녀온 일을 보고하는 게 좋겠습니다."

"그래, 북한에서 무슨 말을 하던가요?"

"그나저나 대통령님, 얼굴이 며칠 사이에 무척 야위셨습니다. 보약이라도 드셔야 되지 않습니까?"

지창욱이 갑자기 엉뚱한 소리를 하면서 고개를 슬쩍 흔들자 안색을 굳히고 있던 박무현 대통령이 비서실장을 향해 창문을 가리켰다.

드르륵.

리모컨의 빨간 불이 들어오면서 밖이 훤하게 보이던 집무실이 특수 재질로 만들어진 커튼으로 가려졌다.

특수 합금으로 재작된 커튼은 어떤 외부의 도청 장치도 방어할 수 있도록 제작되어 있었는데 인공위성의 전파 감지 도청 체계의 차단이 주목적이었다.

"자, 이제 말해도 됩니다."

"대통령님, 제가 신기혁 국방위원장을 독대했습니다."

"뭐라고요!"

"미리 전화드리지 못한 점 죄송합니다……."

지창욱이 저간의 상황을 설명하자 대통령의 머리가 무겁게 끄덕여졌다.

사안의 중대성이 그만큼 크다는 뜻이다.

"결론부터 말씀드리겠습니다. 신기혁 국방위원장이 곧 남한으로 내려오겠답니다. 대통령님을 만나 뵙고 경협에 대해서 논의하고 싶어 합니다."

"언제 말입니까?"

"대통령님의 의견을 듣고 회답을 해달라고 했습니다. 대통령님께서 수용을 해주시면 당장 다음 달이라도 오겠답니다."

"어허!"

파격적인 제안이다.

지금까지 북한의 지도자가 남한으로 들어온 적은 단 한 번도 없었다.

더군다나 신기혁의 남한 방문은 경협을 목적으로 했기 때문에 그 파급효과는 상상하지 못할 정도가 될 게 분명했다.

비서실장의 얼굴은 이미 사색으로 변해 있었다.

하지만, 대통령의 표정은 무거우면서도 결연했다.

드디어 신기혁은 약속을 지키려 하고 있었다.

정권을 잡았을 때 피해 복구가 완료되면 경협을 논의하겠다던 약속을 그는 잊지 않았던 모양이었다.

남북 경협.

정말 어렵고도 힘든 일임에는 분명했지만 통일을 위해서는 반드시 해야 할 일이었다.

그럼에도 수많은 난관이 존재한다는 걸 부인하지 못한다.

그 옛날 개성공단이 처음으로 시작될 때 미국과 일본, 중국은 수많은 압박을 가해오며 방해를 해왔다.

그 당시에는 북한이 핵을 개발하기 전이었는데도 그들은 북한과 남한의 화해 무드를 방해하는 데 총력을 기울였다.

지금의 상황은 그때보다 훨씬 어려울 것이다.

북한은 이미 핵무장을 완료한 상태였고 대한민국은 강국들의 통제에서 벗어날 수 있을 만큼 잘사는 나라로 변했기 때문에 두 나라의 공조는 그들에게 훨씬 커다란 압박으로 작용할 테니 말이다.

더군다나 그들의 지원을 받은 자들이 벌 떼같이 일어나 국론을 분열시킬 게 불을 보듯 뻔했다.

그러나, 박무현 대통령은 통일부 장관의 보고를 받자마자 즉시 결연한 목소리로 지시를 내렸다.

천재일우의 기회.

이 기회를 놓친다면 대한민국은 또다시 오랜 세월을 기다려야 될지 몰랐다.

"힘들겠지만 장관께서는 내일 다시 올라가세요. 가서 신기혁 국방위원장에게 내가 기다린다고 말하세요. 날짜는 언제라도 좋습니다. 그가 원한다면 나는 내일이라도 만날 수 있소!"


*　　　　*　　　　*


강태산은 수많은 기자들과 시민들의 환영을 받으며 귀국한 후 모습을 감췄다.

정상적으로 입국한 강태산이 완벽하게 모습을 감추자 기자와 광고계의 인사들, 텔레비전에 그를 출연시키기 위한 섭외 담당자들은 당황스러움으로 어쩔 줄을 몰랐다.

그들은 만덕체육관 앞에 진을 치거나 강태산의 오피스텔에 앞에서 밤이 새도록 지켜 서 있었으나 끝내 강태산을 찾아낼 수 없었다.

한동안 대한민국을 뜨겁게 달궈놓았던 강태산 신드롬은 그가 모습을 감추고 세상에 나오지 않았음에도 점점 커져갔다.

그가 펼쳐낸 불후의 격전은 시간이 지났음에도 그 동영상의 클릭 횟수가 끝없이 올라갔고 그를 찾아 헤매는 사람들의 발길도 멈출 줄을 몰랐다.

사람들의 관심을 집중적으로 받는 사람을 스타라고 부른다.

이미 강태산은 세계 챔피언으로 등극하면서 슈퍼스타의 자리에 올랐으니 각기 다른 목적을 갖고 그를 찾아 헤매는 사람들의 숫자는 시간이 갈수록 많아졌다.

김 관장과 김만덕이 그들의 등쌀에 엄한 고생을 했다.

하지만, 그들 역시 강태산의 행적을 알지 못했기 때문에 오직 모르쇠로 일관할 수밖에 없었다.

유일한 연락 방법이었던 핸드폰마저 꺼져 있었기 때문에 강태산은 행방불명으로 처리해도 될 만큼 완벽하게 세상에서 사라져 버렸던 것이다.


"은정 씨, 아직도 못 찾았어?"

"그게… 아무도 그 사람 행적을 몰라요. 오늘도 만덕체육관에 가봤지만 찾을 수가 없었어요."

"이런 젠장!"

은정의 대답을 들은 기획부장이 서류를 책상에 내려치며 소리를 질렀다.

미치고 펄쩍 뛸 노릇.

이건 해도 너무한다.

광고 판에서 구른 지 벌써 20년이 넘었지만 이런 경우를 처음 대하자 침착한 성격을 가진 그 마저도 종종 화를 참지 못했다.

대기업들을 비롯해서 지금 한창 주가를 올리고 있는 신생 기업까지 광고 모델 1순위로 강태산을 찾았다.

그들의 조건은 강태산을 섭외하는 광고 회사에 광고를 맡긴다는 것이었기 때문에 광고 판은 현재 강태산을 찾기 위해 혈안이 되어 있는 중이었다.

하지만, 만나야 어떤 제안이라도 해볼 수 있을 것 아닌가.

연기처럼 사라져 버린 강태산은 입국한 지 일주일이 지난 지금까지 연기처럼 사라져 모습을 드러내지 않고 있었다.

씩씩거리던 기획부장이 사무실에 앉아 있는 직원들을 향해 눈을 부릅떴다.

못 찾았다는 변명으로 해결될 일이 아니었다.

회사의 사활이 달린 문제다.

어떤 수를 쓰든 강태산을 찾는 것만이 회사가 살고 그가 사는 길이었다.

"찾아, 무조건 찾아! 1팀장!"

"예, 부장님."

"앞으로 1팀은 강태산을 찾을 때까지 사무실에 들어오지 마. 알았어?"

"…예."

"우리 경쟁 회사들은 벌써부터 강태산이 갈 만한 곳은 전부 찾아다닌다고 하더라. 만덕체육관에만 삐죽 찾아가서 없다는 소리나 한다는 게 말이나 돼!"

"죄송합니다."

"강태산 핸드폰 번호는 알아놨지?"

"예, 그건 알고 있습니다."

"그럼 통신사에 가보란 말이야. 고객 비밀 어쩌고 하면 멱살이라도 틀어잡아. 그게 안 되면 돈다발이라도 안기든가. 좀 더 적극적으로 움직여 봐!"

"알겠습니다."

"에이, 씨발. 내가 회사를 그만두든가 해야지. 더러워서 못 해먹겠네!"

기획부장이 속사포처럼 말을 끝내고 사무실을 빠져나가자 직원들의 얼굴이 흐려졌다.

마치 살얼음판을 걷는 기분이다.

광고 판은 그야말로 양육강식의 세계였다.

정해진 판에서 누가 한발 앞서가느냐에 따라 회사의 존망이 달려 있는 치열한 생존경쟁의 세계였다.

그랬기에 그들은 부장이 불같이 화를 내었어도 그를 원망하지 못했다.

지금의 상황이 충분히 이해되기 때문이었다.

기획부장은 회의에 들어갈 때마다 높은 양반들에게 죽사발이 나도록 깨지고 나왔다.

불쌍한 사람이다.

평소에는 더없이 직원들에게 친절하고 상냥했던 사람이었는데 요즘 들어 제대로 잠을 자지 못한다는 소리까지 들었다.

침묵.

부장이 빠져나가자 사무실은 침묵 속으로 빠져들었다.

부장의 말은 그들이 다 해본 일이었다.

강태산에 관한 것이라면 모든 정보를 수집했고 조그만 단서라도 나오면 발바닥에 땀이 나도록 뛰어다녔다.

웃긴 것은 그들이 가는 곳에 경쟁 회사의 직원들도 보인다는 것이었다.

그들 역시 강태산을 잡는 것에 사활을 걸었으니 경쟁 회사의 직원들이 보일 때마다 마치 전쟁을 치르는 기분이었다.

"은정 씨!"

"예, 팀장님."

"오늘 고생했지만 이대로는 안 되겠다. 부장님 말씀대로 은정 씨는 당분간 강태산이 나타날 때까지 만덕체육관에 가 있어. 사무실에 들어오지 마."

"…예."

"김 대리는 강태산 오피스텔에 가서 지켜. 밤을 새우는 한이 있더라도 찾으란 말이야."

"알겠습니다."

"정 과장은 통신사에 끈이 닿는 사람 찾아봐. 어쩔 수 없다. 법을 위반하는 한이 있더라도 할 수 있는 건 다 해야 하니까 경비가 필요하면 말해. 즉시 지원해 줄 테니까."

"예, 무슨 수를 쓰든 찾아내겠습니다."

"다들 잘 들어. 강태산을 찾아내지 못하면 우린 다 잘릴지도 몰라. 그러니까 힘들더라도 최선을 다해. 우리 아들 이번에 고등학교 들어간다. 그러니까 나 좀 살려주라."


고개가 저절로 흔들렸고 머리는 깨질 듯이 아파왔다.

처음에는 부장에게 한정되었던 이야기가 강태산이 챔피언에 오르면서 전 직원들에게로 확대되었다.

은정은 벌써 만덕체육관에 5번이나 다녀왔다.

갈 때마다 만덕체육관은 사람들로 가득 차서 발 디딜 틈조차 없을 정도로 북적댔다.

전부 강태산을 만나기 위해 온 사람들이었다.

기획 능력에 대해서는 깔끔하게 일처리를 했기 때문에 동료들과 상사들에게 인정을 받았지만 이런 일은 처음이라 당황할 수밖에 없었다.

사라진 슈퍼스타.

도대체 무슨 수로 그를 찾아낼 수 있단 말인가.

만덕체육관의 관장과 코치는 아예 찾아온 사람들을 만나주지 않았다.

워낙 많은 사람들이 괴롭혔기 때문에 그들도 지칠 만큼 지쳤던 모양이었다.

체육관 앞에서 멍하니 앉아 있다가 돌아오길 반복했다.

그가 체육관에 나타나기를 바라면서.

직장 생활에 회의가 들만큼 멍청한 짓이었다.

대학 4년 내내 장학금을 받았을 정도로 공부를 잘해서 졸업도 하기 전에 스카우트될 만큼 그녀는 뛰어난 실력을 지녔다.

그런데 나타나지도 않는 누군가를 기다리며 멍하니 앉아 있다 돌아오는 일을 반복하고 있으니 마음에 상처가 점점 커져갔다.

그럼에도 팀장이 지시를 내리자 거부하지 못했다.

다른 직원들도 다 하는 일인데 하고 싶지 않은 일이라고 거부한다는 것은 회사를 그만두겠다는 것과 똑같은 일이었다.

그러나 걱정이 앞서는 것은 어쩔 수 없었다.

지금까지는 한두 시간 지켜보다 돌아왔는데 이번 팀장의 지시는 아예 만덕체육관 앞에서 살라는 것이었다.

그녀는 사람들이 알지 못하도록 연신 한숨을 흘려냈다.

만덕체육관 앞에서 하루 종일 멍하니 시간을 보낼 생각을 하자 자신도 모르게 한숨이 계속 흘러나왔다.

책상에 놓아두었던 핸드폰이 울린 것은 퇴근을 위해 직원들이 하나둘 자리에서 일어날 때였다.

벌써 7시.

퇴근 시간이 훨씬 지났음에도 사람들은 다른 때와 다르게 눈치를 보면서 늦게 자리에서 일어났다.

"오빠, 웬일이야?"

―어딘지 궁금해서 전화했지. 집에 들어갔어?

"아니, 퇴근도 못 했어."

―7시 넘었는데 왜 퇴근을 못 해?

"일이 있었거든. 이제 일어날 거야."

―바쁜가 보다.

"나, 너무 힘들어 죽겠어."

―이런, 우리 예쁜 동생 힘들면 안 되는데. 은정아, 우리 밥

먹으러 갈까?

"갑자기 무슨 일이세요?"

—마침 너네 회사 근처를 지나가는 길이었거든. 혹시나 하고 전화를 했는데 아직 퇴근 안 했다니 잘됐다. 나와, 오빠가 맛있는 거 사줄게.

"호호, 정말?"

—그럼! 뭐 먹고 싶어? 오늘 은정이 먹고 싶은 거 다 사준다.


침울해졌던 기분이 순식간에 바뀌었다.

오빠의 전화는 비가 내릴 때의 우울했던 마음을 개나리가 활짝 핀 가슴으로 바꾸어놓았다.

약속한 곳에 나가자 강태산이 드라마의 한 장면처럼 승용차를 파킹한 채 기다리고 있었다.

잠시 멈춰 서서 그 모습을 바라보았다.

저 남자.

오빠라는 이름을 가진 남자.

피 한 방울 섞이지 않은 하숙생이었으나 어느새 가족들에게 가장이 되어버린 사람.

오랫동안 짝사랑으로 열병을 앓았고 그에게 사귀는 사람이 생겼을 때 죽음과 같은 고통을 느껴야 했다.

포기하려 노력했고 가슴에서 그를 지우기 위해 무진 애를 썼다.

시간이 지나면서 통증이 점점 가라앉았다.

시간은 모든 병을 치유해 준다고 했는데 그 말은 믿어지지 않을 정도로 효과가 있었다.

그러나 강태산이 민다영과 헤어졌다는 소리를 듣자 언제 그 랬냐는 듯 가슴은 그를 향해 달려갔다.

막을 수가 없었다.

사랑이란, 운명이고 인연이라며 가슴이 그녀의 이성을 마비시켜 버렸다.

천천히 다가가자 오빠가 자신을 보며 웃는 모습이 보였다.

마주 웃어주었다.

어리바리했던 모습은 간데없고 오빠는 언제부턴가 그녀에게 세상에서 가장 잘생긴 남자가 되어 있었다.

"오빠!"

"일찍 왔네. 옷 예쁘다."

"홍, 옷만 칭찬하네. 옷보다 더 예쁜 건 안 보이시나 보군요!"

"그게 뭔데?"

"나."

"하하, 힘들어 죽겠다더니 살 만한 모양이다. 가자, 배고프다."

강태산이 생글거리는 은정을 차에 태웠다.

러시아워의 서울 시내는 도로가 많이 확충되었어도 언제나 차가 막혔다.

그랬기에 강태산은 은정의 회사에서 가까운 '이어도'로 향했다.

'이어도'는 일식집이었지만 가격이 저렴했고 회가 싱싱해서 강태산이 가끔 가는 곳이었다.

은정은 강태산이 주저 없이 이어도로 들어서자 놀란 눈을 했다.

이렇게 거침없이 들어온다는 건 자주 오는 집이란 뜻이기 때문이었다.

"오빠, 여기 비싼 집 아니야?"

"아니다."

"일식집이잖아!"

"생각보다 가격이 괜찮은 집이야. 우리 은정이 스트레스받는다니까 이 정도는 쏴줘도 돼."

"설마, 오빠 나한테 돈 내라는 건 아니지?"

"이놈이 별소릴 다 하네. 내가 아무리 돈이 없어도 너한테 내라고 하겠냐!"

"호호, 그럼 다행이고."

방에 둘이 호젓하게 앉자 분위기가 새로웠다.

일식집은 이렇게 룸으로 형성되어 있어 중요한 사업을 하는 사람들이 자주 찾는다더니 분위가가 데이트하기에도 끝내준다.

종업원에게 정식을 시키고 나자 곧바로 음식들이 나오기 시작했다.

"술 한잔할까?"

"차 가져왔잖아."

"대리 부르면 돼."

"그럼 좋아. 그렇지 않아도 나 오늘 술 한잔하고 싶었어."

"스트레스 때문에?"

"응."

은정은 여자들이 좋아하는 설화주가 들어오자 홀짝거리며 마시더니 금방 얼굴이 발개졌다.

강태산은 그녀의 모습을 보면서 빙그레 웃었다.

집에서도 즐거운 일이 있을 때마다 마셨기 때문에 그녀의 주량이 소주 한 병이라는 것을 안다.

"은정아, 회도 먹어. 회가 정말 싱싱해."

"오빠 한 잔 받아라. 우리 그러고 보니까 오랜만에 데이트한다."

"이놈이 또 오버하네. 데이트는 무슨……."

강태산이 잔을 건네받으며 말끝을 흐리자 은정이 도끼눈을 떴다.

"오늘 내 성질 건드리지 마세요."

"어이구, 무섭다. 넌 그 모습이 제일 무서워."

"그러니까 까불지 말라고!"

"그런데 은정아, 요새 회사에서 무슨 일 있어?"

"응."

"뭔 일인데 그래? 너, 얼굴에 수심이 가득해."

"이게 다 강태산 때문이야."

"왜 그게 나 때문이야?"

"오빠 말고. 강태산 선수."

"어라, 걔가 왜?"

"저번에 말했잖아. 강태산 선수를 광고 모델로 세워야 하는데 사라져 버려서 지금 회사가 난리도 아니거든."

"그건 너네 부장이 하는 일이라며?"

"처음엔 그랬는데 그 사람이 사라지는 바람에 불똥이 나한테도 튀었어. 그 사람 운동하는 체육관에 벌써 다섯 번이나 갔다. 다리 좀 봐. 그 사람 찾아다니느라 퉁퉁 부었어."

은정이 자신의 다리를 내밀어 강태산에게 보여주었다.

거짓말이다. 투정이고 어찌 보면 애교로 보이는 행동이었다.

그녀의 다리는 더없이 매끈했고 예뻤기 때문에 강태산은

금방 시선을 돌려야 했다.

"왜 네가 그 사람을 찾아?"

"나만 찾는 게 아니라 우리 부서 전 직원이 나섰어. 내가 맡은 곳이 체육관이야."

"그것참. 웃긴 얘기네. 광고 회사가 흥신소냐, 사람까지 찾아다니게."

"지금까지는 아무것도 아니야. 앞으로 큰일 났어."

"왜?"

"우리 부장님이 회사에 들어오지 말고 만덕체육관에 가서 살래. 강태산 선수 못 찾으면 들어올 생각 하지 말란다."


*        *        *


통일부 장관은 대통령의 명에 따라 북한으로 넘어갔다가 불과 하루 만에 돌아왔다.

그는 고된 일정을 보냈던지 삼 일 사이에 얼굴이 초췌하게 변해 있었다.

국가를 위해 일한다는 것.

비록 몸은 힘들어도 대통령을 바라보는 그의 눈빛은 형형하게 빛났다.

"대통령님, 신 위원장이 날짜를 정했습니다."

"그래, 언제 오겠다고 하던가요?"

"다음 달 15일에 판문점을 통해 내려오겠답니다."

지창욱의 대답에 박무현 대통령의 눈이 벽에 붙어 있는 달력으로 향했다.

5월 15일.

그렇다면 지금부터 꼭 28일이 남았다.

쿠데타를 제압하고 신기혁이 전화를 걸어왔을 때 음성에서 묻어나는 결연함을 느낄 수 있었다.

이런 목소리를 가진 사람은 결단에 추호의 후회도 남기지 않을 거라 생각했는데 신기혁은 예상처럼 파격적인 행보를 보여주었다.

급했다.

그저 얼굴이나 보자고 오겠다는 것이 아니었다.

남북 경협이란 거대한 사안을 등에 짊어진 채 서울로 들어오고자 하는 신기혁은 대한민국 건국 이래 가장 커다란 손님이 될 것이다.

그랬기에 대통령은 달력을 보자마자 비서실장을 향해 급히 입을 열었다.

"실장님, 들으셨지요?"

"예, 시간이 촉박하군요."

"내일 관련 부처 장관들을 소집해 주세요. 준비할 게 많을 겁니다. 사전에 철저히 준비해서 이 기회를 놓치지 않도록 최선을 다합시다."

"지시에 따르겠습니다. 시간은 내일 오후 2시가 어떻겠습니까?"

"그렇게 하세요."

박무현 대통령이 고개를 끄덕이자 비서실장이 급히 자리에서 일어나 집무실을 빠져나갔다.

그가 자리를 뜨자 대통령의 시선이 통일부 장관에게 향했다.

"장관님이 봤을 때 그 사람 어떻던가요?"

"호랑이 눈을 가지고 있었습니다. 외모와 어울리게 행동에 거침이 없더군요."

"김정은과 비교한다면?"

"그는 김정은과 태생부터 다르잖습니까. 제가 예전에 북한에 갔을 때는 모란봉 초대소가 무덤처럼 느껴졌습니다. 일을 하는 자들은 전부 시체처럼 보였고요. 하지만 지금은 완전히 달라져 있었습니다. 생기가 돈다고 한다면 맞을 것 같습니다."

"북한 주민들은 어떻습니까?"

"미국을 비롯한 강대국들의 압박이 벌써 20년째입니다. 더군다나 북한은 식량 생산이 열악한 땅입니다. 그동안 중국에 기대어 버텼는데 쿠데타가 있고 나서부터 중국의 지원이 끊겨 버려 우리 지원으로 근근이 버티고 있는 실정입니다."

"그렇군요."

"신기혁 국방위원장은 인민을 우선으로 생각하는 지도자라
는 소문이 북한 전역에 파다하게 퍼져 있습니다. 그가 이렇게
적극적으로 경협에 나서는 것은 북한 주민들이 더 이상 굶주
리는 것을 지켜보지 않겠다는 의지인 것 같습니다."

"통일을 위해서는 북한이 변해야 합니다. 그동안 그들은 너
무 폐쇄적으로 살았고 김씨 일가에 의해 노예 생활을 지속해
왔어요. 그것을 깰 수 있는 유일한 방법은 경협밖에 없어요.
경협이 진행되면 북한 주민들의 경직된 사고가 바뀔 겁니다.
배가 부르고 잘살게 된다면 통일은 멀지 않을 일이 됩니다."

"옳으신 말씀입니다."

"힘드셨을 텐데 나가보세요. 통일부도 준비할 게 많을 테지
만 몸부터 추스르고 내일 봅시다."


다음 날.

비상 각료 회의를 소집한 대통령은 장관들에게 신기혁 국
방부 장관의 방문을 알리면서 비밀리에 만전의 준비를 해달라
는 지시를 내렸다.

대통령의 말을 들은 장관들의 얼굴은 놀라움과 긴장, 그리
고 흥분으로 붉게 달아올랐는데 회의가 끝나자마자 자신의

집무실로 부리나케 달려갔다.

회의가 1시 가까이 돼서 끝났기 때문에 장관들은 점심조차 먹지 못했지만 누구도 밥을 먹어야 한다는 생각조차 하지 않았다.

일본 대사의 긴급 면담 요청이 들어온 것은 비상 각료 회의가 있었던 이틀 후였다.

일본 대사 미우라.

현재 일본 총리를 맡고 있는 모리모토의 최측근으로서 극우파의 핵심 인물 중의 하나였다.

3년 전 일본 정권을 장악한 모리모토는 25년 전, 극우파가 정권을 틀어쥔 이래 최강성 인물로 꼽히는 자로서 현재 세계 4위의 군사 대국으로 성장한 일본을 중심으로 아시아가 하나가 되어야 한다는 대동아건설론을 펼쳐 일본 국민들의 지지를 한 몸에 받고 있었다.

미우라가 대한민국 대사로 부임한 것은 모리모토의 이념과 사상을 충실히 수행할 수 있는 적임자였기 때문이었다.

미우라는 청와대로 들어와 곧장 박무현 대통령의 집무실로 향했다.

비록 비서실장이 안내를 했다고는 하나 그의 발걸음은 거침이 없어 마치 자기 집 안방을 향해 움직이는 것 같았다.

"대통령님, 안녕하십니까."

"미우라 대사. 갑작스럽게 어쩐 일이요."

"긴히 전해 드릴 말씀이 있어서 왔습니다."

"일단 앉읍시다."

미우라의 경직된 얼굴을 바라본 박무현 대통령이 손짓으로 소파를 가리켰다.

무슨 일 때문인지 몰라도 미우라는 상당히 격앙되어 있었는데 결코 호의를 가지고 온 것으로 보이지 않았다.

"차 한잔하시겠소?"

"차는 됐습니다."

"그래, 무슨 일로 오셨습니까?"

"저는 본국의 명에 따라 현재 한국에서 벌어지고 있는 일에 깊은 우려를 표하는 바입니다."

"우려라니, 그게 무슨 소리요?"

"대통령님, 먼저 확인을 하고 싶습니다. 이번에 북한의 신기혁 국방위원장이 한국을 방문하는 것으로 알고 있습니다. 맞는지요?"

미우라가 눈을 빛내며 물은 것은 극비 중의 극비 사항이었다.

그 사실을 장관들에게만 알려준 것도 최대한 비밀을 유지하다가 일주일 후에 대국민 담화를 통해 노출시키려는 청와대의 전략이었다.

그런 사안을 미우라가 어찌 알았단 말인가.

그렇기에 박무현 대통령의 얼굴이 순식간에 굳어졌다.

하지만 박무현 대통령의 목소리는 전혀 변하지 않았다.

"누구에게 들었소?"

"사실 여부를 말씀해 주십시오."

"누구에게 들었는지 묻는 내 말이 우스운 모양이군. 일본의 정보망이 좋은 모양이구려."

박무현 대통령은 질문을 하면서 수많은 경우를 생각했다.

각료 중 누군가가 일본 측 사람일 수도 있고 최첨단 정보망을 이용해서 알아냈을 수도 있었다.

슬쩍 떠봤으나 미우라는 여우였다.

그는 대통령의 질문을 피한 채 곧장 정곡을 찔러왔다.

"우리는 신기혁 국방위원장이 남북 경협을 목적으로 온다는 것을 알고 있습니다. 대통령님, 한국은 그의 방문을 막아야 합니다."

"미우라 대사, 당신 무슨 소리를 하고 싶은 거요?"

"한국에서 지금까지 북한을 도운 것은 인도적인 차원이었기에 우리 정부는 아무 말도 하지 않았습니다. 하지만, 남북 경협은 다릅니다. 북한은 핵무장을 하면서 미국을 비롯한 우방들에게 경제제재를 당하고 있는 중입니다. 그런 마당에 한국이 우방을 배신하고 북한과 공조를 한다는 것은 절대 있을 수 없는 일입니다."

"우방을 배신해? 우리가?"

"그렇습니다. 북한과 경제협력을 한다는 것은 우방을 배신하는 짓입니다."

미우라의 말이 뚝뚝 부러져 나왔다.

이자는 독단적인 판단으로 온 것이 아니다.

일본 정부의 강력한 지시를 받고 남북 경협을 막으려 온 것이 분명했다.

그랬기에 그동안 침착한 표정을 짓고 있던 박무현 대통령의 목소리가 갈라져 나왔다.

"지금 일본이 한국 정부가 하는 일에 대해서 간섭을 하겠다는 건가?"

"간섭이 아니라 당연한 일을 요청하는 것입니다."

"뭐라!"

"북한은 세계만방의 적입니다. 그동안 수많은 테러를 저질렀고 핵무장을 통해 주변 국가를 위협한 나라란 말입니다."

"웃기는 소리를 하고 있군. 이보시오, 미우라 대사. 북한은 우리와 한 민족이오. 같은 피를 나눈 동포란 말이오. 당신들 일본 눈에는 북한 주민이 헐벗고 굶주리는 것이 보이지 않는단 말이오!"

"그것은 북한이 자초한 일입니다."

"그래서 지금 일본은 남북한의 경제협력을 막겠다, 이거요?"

"당연한 일 아닙니까. 한국은 북한과 경제협력을 진행해서는 안 됩니다. 만약 북한이 핵을 포기한다면 모를까 지금 상태에서는 절대 해서는 안 되는 일입니다."

"돌아가시오. 우리 일은 우리가 알아서 할 테니까."

"일본의 요청을 받아들이지 않으면 한국은 국제사회에서 고립될 것입니다. 이것은 제가 한국에 2년 동안 머물렀던 정이 있기에 드리는 충고입니다."

"당신 충고는 필요 없소. 세계 어느 나라가 동포가 굶어 죽는데 그냥 보고만 있단 말이오!"

"대통령님!"

"나는 우리 측 준비가 대략 끝나는 대로 대국민 담화문을 통해서 신기혁 국방위원장의 방문을 대한민국 국민들에게 알릴 것이오. 일본의 충고 따위는 필요 없소. 만약 다시 한 번 그런 소리를 한다면 결코 좌시하지 않을 테니 돌아가서 일본 정부에게 분명히 알리시오."

"대통령님, 분명히 말씀드리지요. 미국과 중국, 러시아도 우리와 같은 생각을 가지고 있습니다. 한국이 우리의 요청을 받아들이지 않는다면 불행한 사태가 일어날 것입니다."

미우라는 말을 마친 후 가볍게 고개를 숙이고는 찬바람이 불 정도로 빠르게 대통령의 집무실을 나섰다.

그런 그의 뒷모습을 바라보는 비서실장의 이가 악물렸다.

일본의 의도는 명확했다.

그리고 미국과 중국이 일본과 손잡은 것도 충분히 이해가 갔다.

한반도를 둘러싸고 그동안 남북한의 분단을 이용해서 자국의 이익을 도모했던 그들은 핵폭탄과 장거리 미사일을 보유한 북한의 군사력이 대한민국의 막강한 경제력과 합쳐지는 것을 두려워하는 것이 분명했다.

그랬기에 대통령을 바라보는 비서실장의 눈은 분노로 가득차 있었다.

그러나, 박무현 대통령의 상체는 꼿꼿하게 선 채 한 치의 흔들림도 보이지 않았다.

"비서실장, 대국민 담화를 당겨야겠소."

"대통령님. 분하지만, 신중하게 생각하셔야 될 것 같습니다. 만약 일본 측의 말처럼 미국을 비롯한 세계가 우리를 고립시킨다면 엄청난 경제적 타격을 입게 될 것입니다."

"언제까지… 언제까지 그들의 눈치를 보면서 살아야 한단 말이오. 나는 이제 그렇게 하지 않겠소. 우리 국민들에게 말할 것이오. 굶어 죽어도 한반도의 통일을 이루자고 말이오!"

\*       \*       \*

김만덕은 요즘 들어 피곤해 죽을 지경이었다.

밀려드는 관원들로 인해 코치진을 기존의 세 명에서 여섯 명으로 늘렸고 새로운 체육관 자리를 알아보느라 정신이 없었다.

지금의 만덕체육관으로는 거의 삼백 명에 달하는 관원들을 수용하기에 턱없이 부족했기 때문이었다.

자금은 충분했다.

강태산이 자신의 파이트머니를 전액 김 관장에게 주면서 체육관을 옮기라고 했기 때문에 그들의 통장에는 4억에 가까운 돈이 들어 있었다.

아버지인 김 관장은 체육관에 틀어박혀 두문불출 중이었다.

엉덩이만 잠깐 뜨면 기자들을 비롯해서 수많은 사람이 벌 떼같이 달려들어 그는 가급적 체육관 밖으로 나오지 않았다.

오늘도 그는 김 관장을 대신해서 체육관을 물색하며 돌아다니다가 저녁이 되어서야 돌아왔다.

피곤했다.

잘 돌아가지 않는 머리로 최적의 위치와 건물의 규모를 따지느라 그는 골머리를 앓았기 때문에 하루 종일 돌아다니다 체육관으로 돌아오면 녹초가 되었다.

차라리 강태산의 파트너가 되어 미트질을 하는 것이 훨씬 편했다.

미트질은 머리를 쓰지 않아도 되는 일이니 오직 몸으로 때우면 된다.

샤워를 하고 사무실로 들어서자 바지 주머니에 놓아두었던 핸드폰에서 음악이 흘러나왔다.

강태산의 출정가인 바로 그 음악, 아리랑이었다.

─여보세요?

"태산이 형. 아이고, 도대체 어디로 튄 거야. 정말 이럴 거냐?"

─힘드냐?

"그럼 힘들지. 편하겠어?"

─야, 시간 없으니까 용건만 간단히 하자.

"무슨 용건. 용건 있으면 일단 와라. 얼굴 보고 얘기 해!"

─까불지 말고 내 말 잘 들어. 지금 체육관 밖으로 나가면 광고 회사 '뜰'에서 나온 서은정이란 여자가 있을 거다. 걔를 찾아서 관장님한테 데려가.

"지금 체육관 밖에 기다리는 여자들이 한둘인 줄 알아? 내가 서은정이란 여자를 어떻게 알고 찾아!"

─인마, 거기서 제일 착하고 예쁘게 생긴 애가 바로 서은정이야.

"웃기시네. 여기 온 여자들은 전부 착하고 예쁘게 생겼거든
요. 그리고 사람 보는 눈이 형하고 나하고 다른데 무슨 말씀
을 그렇게 쉽게 얘기하냐."

─그럼 이름 부르면 되잖아. 너 자꾸 일 힘들게 할래?

"싫다. 용건 있으면 형이 와서 직접 해라."

─너 죽는다.

"내가 어디 한두 번 죽었냐. 마음대로 해."

─농담 그만하고 지금 빨리 나가서 데려와. 걔 옷도 얇게
입어서 추워할지도 몰라. 체육관에서 나가면 오른쪽에 담이
있잖아. 지금 그 담에 쭈그려 앉아 있는 애가 서은정이야.

"헐, 형 지금 체육관 근처에 온 거냐?"

─왔다가 간다. 사람들이 너무 많아서.

"이런 젠장. 왔으면 얼굴을 보고 가야지, 그냥 갔어?"

─빨리 나가기나 해.

"싫어. 나 삐졌어."

─네 결혼식 사회 내가 봐준다. 됐지?

"정말이지?"

─이놈이 맨날 거짓말만 들었나. 해준다니까.

"흐흐흐……. 그 여자 아버지한테 데려다주기만 하면 돼?"

─관장님한테 그 여자랑 광고 계약한다고 전해줘. 따로 시
간과 장소를 정하면 내가 나간다고 하란 말이야.

은정은 담벼락에 기댄 채 멍하니 하늘을 바라보았다.

해는 점점 길어졌으나 어둠이 지면서 별이 보이기 시작했다.

편의점에서 삼각김밥으로 저녁 식사를 간단히 때우고 터덜터덜 걸어서 만덕체육관 앞에 다시 왔지만 그녀가 할 수 있는 건 아무것도 없었다.

너무 힘들었다.

오지 않는 사람을 기다린다는 건 고통스러운 일이었다.

벌써 삼 일째.

아침부터 저녁까지 사무실에 들어가지 않고 강태산을 기다렸다.

밥도 제대로 먹지 못했고 쉴 곳도 마땅치 않아서 그녀는 삼일이 지나자 너무나 고통스러워 서 있을 힘조차 없어졌다.

그럼에도 집으로 돌아갈 수는 없었다.

나머지 회사 직원들은 지금도 여기저기서 강태산을 찾기 위해 뛰어다니고 있을 텐데 그녀만 집으로 돌아간다는 건 양심이 허락되지 않는 일이었다.

한숨이 흘렀다.

담벼락에 기대어 본 별은 생생하지 않았으나 아름다움마저 숨기지는 못했다.

별을 바라보면서 오빠를 생각했다.

정말 오랜만의 데이트.

오빠는 데이트가 아니라고 우겼지만 그녀에게는 꿈결 같은 데이트가 분명했다.

즐거웠다.

오빠와 같이 먹었던 연어 초밥과 한 잔의 술. 오빠의 웃음. 말도 안 되는 투정을 모두 받아주던 오빠의 다정했고 편안했던 얼굴.

오빠는 자신이 술에 취해서 업어달라고 떼를 써대자 툴툴거리면서도 할 수 없이 등을 내밀고 백여 미터나 걸었다.


덩치가 남산만 한 남자가 쭈그리고 앉아 생각에 잠겨 있는 그녀에게 은밀한 모습으로 다가온 것은 체육관 앞에 모여 있던 사람들이 저녁을 먹기 위해 하나둘 자리를 뜨기 시작할 때였다.

"서은정 씨 맞죠?"

"네……. 그런데 누구세요?"

어둠 속에서 불쑥 나타났기 때문에 미처 얼굴을 확인하지 못한 은정이 두려움이 묻어나는 목소리로 물었다.

김만덕은 그런 은정의 얼굴을 요모조모 뜯어보았다.

그런 후 빙그레 웃었다.

강태산의 말대로 은정은 순수함이 뚝뚝 묻어날 만큼 예쁜 얼굴을 가졌기 때문이었다.

"저는 만덕체육관의 김만덕 코치입니다."

"아, 그러세요. 그런데 제 이름을 어떻게 아시고……."

"자세한 건 들어가서 얘기하시죠. 지금 저의 아버지가 기다리고 계십니다."

"아버지가 누군데요?"

"체육관 관장님이세요. 강태산 선수 매니저기도 하고요."

"그런데 왜 저를……."

움츠러든 몸으로 은정이 다시 물었다.

아무리 생각해도 김영철 관장이 자신을 만나자고 한다는 게 이해되지 않았기 때문이었다.

그러자 김만덕의 얼굴에서 제법 커다란 웃음이 떠올랐다.

"강태산 선수를 광고 모델로 섭외하려고 온 거 아니에요?"

"그건 맞는데……."

"그럼 들어가요. 은정 씨네 회사와 광고 출연에 대해서 할 말이 있다고 하셨어요."

도대체 무슨 일이 생기고 있는 건지 알 수 없어 어안이 벙벙했다.

그럼에도 김만덕이 던진 한마디에 자석처럼 그를 따라갈 수밖에 없었다.

강태산 선수와의 광고 계약이라니.

이야기만 들어도 가슴이 벌벌 떨리는 이야기였다.

얼떨결에 김만덕을 따라 체육관 뒤쪽으로 나 있는 샛문을 통해 들어가자 60대로 보이는 남자가 자신을 향해 시선을 던지고 있었다.

그 사람이다.

강태산의 매니저이면서 지금 체육관 주변을 서성거리는 사람들이 모두 찾고 있는 김영철 관장.

UFC에서 강태산 선수가 시합을 할 때 열정적으로 코치를 하던 얼굴.

바로 그 얼굴이 자신을 바라보고 있었다.

"어서 와요."

"…안녕하세요."

"서은정 씨의 회사가 뜰이 맞습니까?"

"네. 맞아요."

"여기 온 지 오래되었다면서요?"

"강태산 선수를 만나지 못하면 우리 부장님께서 들어오지 말라고 하셨어요."

은정이 피곤한 얼굴에서 웃음을 피어올리며 대답하자 김영철 관장이 빙긋 웃었다.

수많은 생각이 머릿속을 스쳐 지나갔다.

지금까지 강태산이 그에게 여자를 거론했던 적은 한 번도 없었다.

오랜 시간을 같이했고 최근 들어 주변에 많은 여자들이 있었지만 강태산이 특정한 여자의 이름을 찍어서 거론한 것은 이번이 처음이었다.

그랬기에 그는 은정을 빤히 바라보며 은근한 목소리로 물었다.

"혹시 우리 태산이와 어떤 관겐지 물어봐도 되겠소?"

"강태산 선수요?"

"그래요."

"강태산 선수하고는 개인적으로 아무런 관계도 없는데요."

"정말입니까?"

"네, 저는 강태산 선수와 만난 적이 한 번도 없어요."

"그렇군요."

"그런데 저를 왜……?"

"광고 계약 때문에 왔죠?"

"예, 맞아요. 저희 회사는 강태산 선수와 광고 계약을 성사시키고 싶습니다."

"그럼 일정을 잡아보세요. 회사에 들어가서 미팅 날짜를 잡으면 우리가 나갈게요."

"헉… 정말이세요!"

은정의 얼굴이 새하얗게 질렸다.

강태산 선수를 만나기만 해도 그녀는 커다란 성과를 올리는 것이었는데 막상 계약을 하겠다면서 미팅 날짜를 잡으라는 소리를 듣자 정신이 멍해져 아무런 생각조차 할 수 없었다.

*　　　*　　　*

CIA 한국 지부장 윌리엄스는 리처드가 펼쳐놓은 서류를 보면서 두 눈을 지그시 오므렸다.

어제 일본 대사인 미우라가 청와대에 들어갔다 온 후 한국 측의 움직임이 바빠지기 시작했다.

예상했던 일이었다.

현재의 박무현 정부라면 일개 일본 대사의 협박에 굴복할 리 만무했다.

그럼에도 충분한 효과는 봤다.

일본에게 정보를 넘겨준 것은 바로 그였다.

최근 들어 통일부 장관의 극비 북한 방문이 감지되었기에 북한과 남한에 최첨단 감청 시설을 동원한 끝에 신기혁 국방위원장의 움직임을 포착할 수 있었다.

남한에서는 극비로 움직이고 있었으나 긴급 국무회의에 참석한 장관들과 청와대 인사들을 밀착 마크 하자 불과 반나절

만에 최고급 정보가 흘러나왔다.

신기혁의 남한 방문과 남북 경협 소식을 슬쩍 흘려주자마자 일본은 즉시 입에 거품을 물었다.

남북한의 화해 무드.

그동안 백 년 가까이 수십 번도 넘게 화해 무드가 조장된 적은 있으나 지금의 화해 무드는 근본부터 달랐기 때문에 일본을 초긴장 상태로 몰아넣었다.

정말로 남북이 합쳐진다면 일본은 근접 거리에 핵무장 국가를 둬야 하는 치명적인 위험에 빠지게 된다.

북한이 핵을 보유했어도 남한이 견제를 하고 있었기에 일본은 그동안 편하게 지낼 수 있었다.

그런데 남한의 막강한 경제력이 북한에 유입되고 그 결과가 통일로 이어진다면 일본은 잠시도 편안하게 잠을 잘 수 없을 것이다.

상부의 지시에 따라 일본에 정보를 넘겨준 것은 일본을 먼저 움직여 한국 정부를 압박하고자 함이었다.

남북 경협은 일본뿐만 아니라 미국에게도 기필코 막아야 할 이유가 있었다.

냉전 시대가 끝나고 강대국 간의 전쟁은 이미 끝난 지 오래였다.

지금 한참 빅2로 떠오르고 있는 중국과 간혹 긴장 상태를 보이기도 했지만 그것은 쇼로 끝나는 경우가 대부분이었다.

아무도 모르는 사람들은 중국의 패권 야욕을 막기 위해 미국이 한반도를 사수한다고 생각하지만 그것은 정말 바보 같은 생각에 불과하다.

중국의 아시아 패권 야욕을 막기 위해 한반도를 전략적 요충지라고 강조하는 미국의 생각은 전혀 다른 데 있었다.

중국은 어차피 전쟁을 일으킬 수 없다.

그들이 아무리 군비를 확충했다 해도 막상 전쟁이 벌어진다면 미국의 상대가 되지 못할 뿐만 아니라 자국의 멸망까지 감수하면서 한반도를 먹는다는 건 허황된 상상에 불과했다.

그것은 중국도 알고 미국도 아는 내용이었다.

미국과 중국이 한국의 남북 경협을 막으려는 이유는 일본과 달랐다.

막강한 경제력을 가진 남한이 북한과 화해 무드를 조성한 끝에 통일이 된다면 한반도는 중국과 미국의 통제권에서 완전하게 벗어날 것이다.

미국은 세계에서 무기 수입 금액이 가장 큰 한국에게 이제 효용 가치가 떨어진 재고 무기들을 팔아먹을 수 없게 될 뿐만 아니라 북한을 세계의 주적이란 이유를 대면서 남한에 파견했던 주한 미군도 철수해야 될 것이며 일이 생길 때마다 신하에게 세금처럼 강요했던 군비도 거둘 수 없게 될 것이다.

중국도 비슷한 이유가 있었다.

그동안 김일성 일가가 북한을 통치하는 동안 중국은 차관이라는 핑계를 대면서 북한의 막대한 자원을 압류해 나가고 있었다.

그들의 목적은 친중 세력을 곳곳에 심어놓고 최종에 가서는 막대한 지하자원을 품고 있는 북한을 통째로 삼키는 것이었다.

그랬기에 친중 세력들을 이용해서 쿠데타를 일으켰던 것이다.

그러나 쿠데타는 실패해 버렸고 북한 인민들을 백 년 가까이 노예로 부리던 김씨 일가가 모두 숙청되어 버리면서 북한은 그들의 통제에서 벗어나 버렸다.

그런 마당에 남북 경협이란 그들에게 치명적인 타격으로 작용할 수밖에 없었다.

그동안 북한에 투자했던 모든 것은 김씨 일가와 벌여놓은 것이기 때문에 정권을 잡은 신기혁이 불공정한 계약 사항을 들고 나오는 순간 지금까지 공들인 것들이 물거품으로 변하게 될 것이다.

만약 남북 경협을 통해서 북한 인민들의 삶이 풍요로워지기라도 한다면 더 커다란 문제가 발생한다.

막강한 경제력을 지닌 남한 측이 개입하는 순간 50년 가까이 공들여 왔던 동북공정은 산산이 깨지기 때문이었다.

"리처드, 한국은 분명 내일이나 모레쯤 대국민 담화문을 발표할 것이다. 그렇지 않나?"

"지금의 움직임을 보면 그럴 것 같습니다."

"일본은?"

"지금쯤 방안을 생각하고 있을 겁니다. 미우라 대사의 협박이 먹히지 않을 거란 건 일본 정부도 예상하고 있었을 테니까요."

리처드가 대답하자 윌리엄스가 쓴웃음을 지었다.

한반도는 동일 민족으로 이루어진 나라다.

남한이 북한을 돕는다고 해서 경제제재를 가한다는 것은 어불성설에 불과한 이야기였다.

비록 미국과 중국, 일본에게는 치명적인 사건이겠지만 그들을 제외한 국가들은 당연한 일로 치부할 가능성이 컸다.

동포의 굶주림을 못 본 체하지 않고 돕겠다는데 그것을 빌미로 경제제재를 가한다는 것 상식 밖의 일임이 분명했다.

물론 삼국이 짜고 치는 고스톱처럼 한국을 압박할 수 있으나 러시아와 EU가 동참하지 않으면 그 효과는 반감이 될 수밖에 없다.

더군다나 남북 경협은 그 자체만으로도 엄청난 내수 효과가 발생하기 때문에 러시아와 EU가 동참하지 않는 순간 그들의 전략은 물거품이 될 가능성이 컸다.

"리처드, 당신은 일본에서 그냥 넘어갈 것 같나?"

"일본은 절대 그냥 넘어가지 않을 겁니다. 남북 경협이 시작되는 순간이 그들에게는 지옥이 될 테니까요."

"중국도 마찬가지겠지?"

"당연한 말씀입니다."

"그럼 그들이 할 수 있는 행동은 뭐가 있겠나?"

"그것은 예측하기가 어렵습니다."

"좋아, 그럼 다시 묻지. 이번 남북 경협을 확실하게 깰 수 있는 방법은?"

"박무현과 신기혁, 이 둘이 존재하는 한 남북 경협을 막는 것은 쉽지 않은 일입니다."

"역시 자네는 머리가 좋아. 맞아, 두 사람이 살아 있는 한 남북 경협은 막을 수가 없을 거야."

"설마……!"

"우리도 그렇게 판단하는데 일본이나 중국은 그렇게 판단하지 않을까?"

"섣불리 움직였다가 실패라도 하게 된다면 큰일이 납니다. 그들은 쉽게 움직이지 못할 겁니다."

"남북 경협이 시작되면 더 큰일이 생긴다."

"지부장님, 그들은 각국의 지도자들입니다. 자칫 정체가 노출된다면 일본과 중국은 국제사회에서 매장될 수도 있습니다."

"그들은 전문가야. 더군다나 남한은 그동안 IS를 공격하면서 이슬람 국가에 공적이 되어 있단 말이지. 성공하는 순간 타깃에서 벗어나는 건 일도 아니야. 이슬람계 몇 놈만 죽여서 개천에 버리면 모든 일은 깔끔하게 끝날 것이다."

"정말 일본과 중국이 그렇게 움직일까요?"

"장담하지. 그들은 반드시 그렇게 움직일 거다."

"그렇다면 다행입니다. 우리는 손도 안 대고 코를 풀게 되겠군요."

"크흐흐… 리처드, 허드슨 강의 유령을 불러라."

"지부장님!"

윌리엄스의 말을 듣는 순간 리처드의 얼굴이 하얗게 변했다.

허드슨 강의 유령은 CIA가 보유하고 있는 세계 최고의 암살조를 일컫는 암호였다.

그들을 부른다는 건 미국 역시 이 일에 개입하겠다는 걸 의미하는 것이었다.

하지만, 리처드는 더 이상 아무 말도 하지 못하고 윌리엄스의 얼굴만 바라보았다.

그의 얼굴을 보는 순간 알 수 있었다.

이 결정이 윌리엄스 독단의 선택이 아니라는 것을.

그렇기에 한숨을 길게 흘려내는 순간 윌리엄스의 입에서 끊어지듯 단호한 음성이 흘러나왔다.

"우린 일본이나 중국을 믿지 않는다. 미국의 안전과 이익 앞에서 다른 자들을 어찌 믿을 수 있단 말이냐. 그러니 극비리에 불러들여. 상황에 맞춰서 마지막 명줄은 우리가 끊는다!"

# 제6장
## 도도히 흐르는 물결

은정은 김 관장의 제안을 받은 후 부장에게 정신없이 전화를 걸었다.

기획부장은 은정의 보고를 받은 후 한동안 아무 말도 하지 못했다.

그가 은정을 만덕체육관에 보낸 것은 어떡하든 강태산의 행적을 알아내라는 것에 불과했고 최선을 다해보겠다는 노력에 지나지 않았다.

그런데 난데없이 계약이란 말이 튀어나오자 그는 정신이 하나도 없었다.

다음 날 은정이 출근하자 기획 팀은 이미 모두 나와 그녀를 기다리고 있었다.

얼떨떨한 마음.

나름대로 30분이나 일찍 출근해서 상세한 내용을 보고하려고 했는데 다른 직원들은 더 먼저 출근해서 그녀를 기다리는 중이었다.

그들의 얼굴에 담긴 것은 긴장감.

어떻게 소식을 들었는지 모르겠지만 그들은 은정이 가져온 쾌거에 모두 들뜬 표정들이었다.

은정이 사무실로 들어서자 부장을 비롯한 전 직원이 모여들었다.

먼저 입을 연 것은 부장이었다.

"은정 씨, 어젯밤에 보고를 듣고 한숨도 못 잤다. 말해봐. 도대체 어떻게 된 거야?"

"저도 영문을 모르겠어요. 저녁을 먹고 강태산 선수가 나타나기를 기다렸는데 체육관 코치라는 사람이 저를 데리고 관장한테 데려갔어요."

"그래서?"

"거기 관장님이 제 얼굴을 빤히 보면서 강태산 선수를 아느냐고 묻더라고요."

"그걸 왜 물었지?"

"그건 저도 모르겠어요."

"이상하네. 그런데 계약을 하겠다는 건 뭐야?"

"제가 그 사람을 모른다고 했더니 저를 빤히 쳐다본 후 갑자기 계약을 할 테니 일정을 잡으라고 했어요. 너무 놀라서 몇 번이고 다시 물었어요. 정말이냐고."

"안 되겠다. 이젠 묻지 않을 테니까 있었던 일 쭉 말해봐. 답답해서 미치겠다."

대표로 궁금했던 것을 묻던 부장이 입을 닫자 팀장을 비롯해서 모든 직원이 그녀의 얼굴을 바라봤다.

연기처럼 사라졌던 챔피언.

그 누구도 찾을 수 없을 만큼 완벽하게 세상에서 모습을 감췄던 강태산이 갑자기 광고 계약을 하겠다고 나선 사실이 그들은 믿어지지 않았다.

그랬기에 은정을 바라보는 그들의 시선은 간절한 희망과 흥분이 담겨 있었다.

은정히 차분하게 김 관장과 있었던 일을 모두 말하자 직원들의 입에서 한숨이 새어 나왔다.

이것이 정말이라면 그동안 날밤을 새며 고생했던 모든 것들이 한순간에 끝나게 될 것이다.

"은정 씨, 정말 강태산 선수와 개인적인 인연이 없어?"

"정말 없어요. 저는 공항에서 오빠 마중 나갔다가 멀리서 인터뷰하는 걸 본 것 외에는 그 사람을 본 적도 없거든요."

"은정 씨 전화 받고 혹시나 해서 다른 회사에 알아봤더니 전부 미치기 일보 직전이었어. 강태산의 그림자만 봐도 소원이 없다는 하소연을 하더라. 그런데 우리와 광고 계약을 한다는 게 믿어졌겠어? 더군다나 우리 회사의 누구도 강태산과 일면식도 없는데?"

"그래서 저도 이상해요. 왜 그 사람이 우리와 계약을 하려는지 정말 궁금했어요."

"휴, 좋아. 그건 나중에 알아보면 되는 일이고. 미팅 날짜를 잡아서 알려달라고 했다면서?"

"예."

"내가 직접 가지. 가서 당장에라도 가능하다고 얘기해야겠다."

"그런데 부장님……. 그분이 저한테 오래요."

"무슨 소리야?"

"이유는 모르겠지만 앞으로 계약 과정과 광고 촬영 등에 대한 일정은 전부 저하고만 이야기하겠대요."

"허, 은정 씨하고만?"

"다른 사람은 만나지 않을 테니까 제가 결정된 내용을 가져오라고 했어요."

"이거 정말 미치겠군. 도대체 왜?"

          *        *        *

대한민국은 대통령의 담화문 발표로 인해 충격 속으로 빠져들었다.

북한의 쿠데타가 발발한 지 1년.

그동안 인도적인 차원에서 대통령의 결심으로 진행되어 왔던 대북 지원이 마무리되는 시점에서 새로 북한 정권을 장악한 신기혁의 방문은 대한민국 여론을 들끓게 만들기에 충분한 것이었다.

한반도가 남북으로 갈린 지 오랜 세월이 지났지만 그동안 북한의 지도자가 남한을 방문한 적은 한 번도 없었기에 국민들의 충격은 그만큼 클 수밖에 없었다.

그러나 더욱 국민들을 놀라게 만든 것은 그의 방문이 대대적인 남북 경협 때문이라는 사실이었다.

남북 관계가 경색될 때마다 남북 경협의 상징이었던 개성공단은 수시로 문을 닫아야 했다.

개성공단이 문을 완전히 닫은 것은 벌써 20년 전의 일이었다.

북한이 핵무장을 위해 핵실험을 반복하면서 남한이 개성공단을 뿌리째 철수해 버렸기 때문이었다.

여론은 대통령의 담화문이 끝나자 반반으로 갈려 팽팽하게 맞서기 시작했다.

과연 누구를 위한 남북 경협이냐.

핵무장과 장거리 미사일 체계를 구축한 북한에게 경제적인 도움을 준다는 것은 남한의 안보에 치명적인 위험이 될 것이라는 보수 여론과 민족의 소원인 통일을 위해서는 신뢰와 타협으로 북한 경제를 살리는 것이 무엇보다 중요하다는 진보 여론이 부딪쳤다.

보수 여론의 뿌리는 깊었다.

그 이면에는 한반도의 통일을 반대하는 세력들이 숨어 있었고, 현 정권을 깎아내리려는 세력도 존재했다.

그들이 내세우는 명분은 한반도의 위험과 북한을 제재하기로 결의한 국제사회의 공조를 깨뜨리면서 발생하는 경제적 타격이었다.

"대통령님, 반대하는 여론이 의외로 큽니다. 집중적이고 집요하게 물고 늘어지는 게 그냥 넘기기에는 무리가 있을 것 같습니다."

국정원장이 무겁게 입을 열자 박무현 대통령의 얼굴이 굳어졌다.

집무실에는 대통령을 포함해서 국무총리와 국정원장, 비서

실장, 통일부 장관, 외교부 장관 등 모두 여섯 명이 앉아 있었
는데 분위기는 더없이 무거웠다.

"역시 뒤에는 그들이 있겠지요?"

"그렇습니다. 치밀하게 움직이고 있습니다. 문제는 국민들의
상당수가 그들의 논리를 받아들이고 있다는 것입니다."

"음……."

대통령의 입에서 무거운 한숨 소리가 새어 나왔다.

그러나 그는 곧 한숨을 멈추고 외교부 장관을 향해 질문을
했다.

"중국과 일본이 강력한 항의를 해왔다고 들었습니다?"

"그렇습니다. 정식 루트를 통해 항의 서한을 보내왔습니다.
그들은 자국의 언론을 통해서도 우리 측의 결정을 강력하게
비난하기 시작했습니다."

"미국의 움직임은 어떻습니까?"

"아직까지 미국은 별다른 움직임을 보이지 않고 있습니다.
하지만 조만간 그들 역시 합류할 것으로 보입니다."

"다른 국가들은?"

"그들 삼국을 제외하면 긍정적인 자세를 취하고 있습니다.
국제사회는 남북 경협을 당연한 것으로 여기는 분위깁니다."

"장관께서는 이 사안에 대한 돌파구를 생각해 보셨습니
까?"

"미국과 중국, 일본은 국제사회에 커다란 영향력을 지닌 국가들입니다. 그들이 한반도의 통일을 반대하는 이유는 제각각 다르지만 이를 반드시 막고자 하는 의지만큼은 대동소이하다고 생각됩니다. 자국의 이익을 위해서 그들은 무슨 짓이라도 할 겁니다. 자국의 이익과 안전이 걸린 일인 만큼 쉽게 포기하지 않을 테니 돌파구는 오직 하나밖에 없습니다."

"그게 뭡니까?"

"정면 대응이지요. 그들의 논리와 우리의 논리가 상충되는 상황이니 타협점을 찾기가 어렵습니다. 통일이 염원인 이상 그들과 대치하더라도 끝까지 밀어붙이는 수밖에 없습니다."

외교부 장관의 목소리는 굳건했다.

그는 박무현 대통령이 집권하면서 영입한 교수 출신의 외교 전문가였다.

평소의 성격은 차분했고 일처리는 치밀했으며 사안이 발생했을 때 해결해 나가는 능력 또한 탁월했기에 대통령의 신임을 한 몸에 받고 있는 사람이었다.

하지만, 지금의 그는 유연했던 그동안의 외교적 감각을 접고 강성 발언을 주저하지 않았다.

통일이란 단어가 주는 무거움.

주변국의 반대를 뚫어나가야 하는 그의 어깨에 달린 책임.

외교적인 관점에서 대화와 타협으로 풀어나가기에는 이 사안은 너무나 분명하게 대치되어 있다.

대한민국과 주변국들의 입장 차이는 극명했으니 누구도 물러서지 않을 것이다.

수많은 고민을 하면서 그가 이끌어낸 결론은 단 하나밖에 없었다.

그랬기에 그는 말을 마친 후 대통령의 얼굴을 당당하게 바라보았다.

그런 그의 눈을 마주보는 대통령의 얼굴은 차분하게 가라앉아 있었다.

"총리께서는 어떻게 생각하시오?"

"저는 누구보다 대통령님의 통일에 대한 염원을 잘 아는 사람입니다. 그러나, 작금의 상황은 참으로 어렵습니다. 국민들의 여론이 갈려서 대치되어 있고 주변 강대국들의 반대는 경제적인 타격으로 다가올 것입니다. 무작정 추진하기에는 너무나 많은 어려움이 있을 겁니다."

"당장 통일을 하겠다는 것도 아닌데 이런 일이 생기다니 참으로 난감한 일이요."

"그들은 이 길이 통일로 가는 지름길이라는 걸 너무나 잘 알고 있습니다. 그래서 반대하는 것입니다."

"그렇겠지요."

"대통령님, 그렇다고 포기해서는 안 됩니다. 우린 이 기회를 놓치는 순간 어쩌면 영원히 통일을 이룰 수 없을지도 모릅니다."

"알고 있어요. 그래서 괴롭습니다."

"먼저 국민 여론을 하나로 모아야 합니다. 국민 여론을 하나로 똘똘 뭉친다면 어떠한 난관도 이뤄 나갈 수 있습니다."

"좋은 방법이라도 있습니까?"

"그동안 우리 정부는 역대 어느 정권보다 국민들의 지지를 받고 있습니다. 끈기와 열정으로 설득해야지요. 국민들에게 우리 정부가 단 하나의 신념으로 어떠한 사리사욕도 없이 통일의 발판을 만들어 나간다는 걸 알려야 합니다."

"당연한 말씀입니다. 그것은 총리께 맡기겠습니다. 총리께서 여론이 하나로 뭉칠 수 있도록 노력해 주십시오."

"최선을 다하겠습니다."

국무총리 강필규가 고개를 숙였다.

행정의 달인이라고 불리는 사람. 청백리라 통했고 마지막 순간을 국가에 헌신한다는 마음으로 국무총리를 수락한 그의 나이는 73세였다.

그의 충정이 아름답다.

하지만, 박무현 대통령은 그의 모습을 보면서 안타까움을 숨기지 못했다.

그의 노력으로 봉합될 여론이 아니었다.

주변 강대국을 배경으로 움직이는 세력들이 존재하는 한 국민 여론은 봉합되지 않은 채 끊임없는 잡음을 만들어낼 것이다.

*　　　　*　　　　*

주변 강대국들이 본격적으로 압박해 오기 시작한 것은 신기혁 국방위원장의 방문이 10일 앞으로 다가왔을 때였다.

미국은 주한 미군의 철수를 공공연하게 떠들면서 남북 경협이 이뤄질 경우 동맹 관계를 깨겠다는 협박을 해왔고 일본과 중국은 무역 중단까지 거론하며 맹렬한 비난을 퍼부었다.

주변 강대국의 논리에 보수 여론은 격렬하게 반응하며 정부를 성토하기 시작했다.

경제 대국으로 성장하면서 풍요롭게 살고 있는 대한민국을 잘못된 정책으로 위기에 빠뜨리는 정부를 그들은 결코 좌시하지 않겠다면서 거리로 나섰던 것이다.

사회는 시끄러웠고 정부를 옹호하는 진보 세력과 반대 세력 간의 격론이 곳곳에서 펼쳐졌다.

대한민국은 망망한 대해에서 금방이라도 좌초할 것 같은 돛단배처럼 흔들리고 있었다.

박무현 대통령이 서재로 들어서자 소파에 앉아 차분하게 커피를 마시던 정 의장이 자리에서 일어났다.

그런 그를 향해 대통령은 미소를 지었다.

정 의장의 얼굴은 언제나 부드럽고 따스해서 격무에 시달리는 대통령을 편안하게 만들어준다.

"대통령님, 얼굴이 많이 상하셨습니다."

"후후, 그런가요. 요즘 워낙 일이 많아서요. 정 의장님은 잘 지내셨지요?"

"저야 할 일 없이 시간만 죽이는 노인넨데 무슨 일이 있겠습니까. 그저 작금의 상황을 지켜만 볼 뿐이지요."

정 의장이 안타까운 시선으로 대통령을 바라보았다.

불과 한 달도 안 된 사이에 박무현 대통령은 훨씬 늙어 보였다.

그럼에도 박무현 대통령은 마음이 급한지 정 의장을 바라보는 시선이 바빴다.

오후에 각료 회의를 소집했기 때문에 시간이 없었다.

"그래, 정 의장님, 무슨 일로 들어오셨습니까?"

"시간에 쫓기시는 것 같으니 간단하게 말씀드리겠습니다. 현재 여론을 주도하고 있는 애국결사단과 정통일보, 구국회 등의 뒤에 있는 제3세력을 차단하는 작전은 아무래도 어려울 것 같습니다."

"왜 그렇습니까?"

"아무래도 긁어 부스럼을 만드는 결과가 나올 것 같기 때문입니다. 그들은 독버섯 같은 자들입니다. 벌써 상당수의 여론을 형성한 상태라 핵심 인사들을 처단해도 이미 형성된 국민여론을 잠재우기는 쉽지 않을 겁니다. 차라리……."

"차라리?"

"결정적인 한 방을 준비하는 것이 좋을 듯합니다."

"쉽게 설명해 주세요. 제가 머리가 나빠서 그런지 잘 이해하지 못하겠군요."

"저는 대통령님의 강력한 의지를 알기에 이번 신기혁 국방위원장의 방문이 성사될 것을 믿어 의심치 않고 있습니다. 그것은 아마 저들도 알고 있을 겁니다. 신 위원장이 남한을 방문하는 순간 한반도는 새로운 역사를 쓰게 됩니다. 거대한 물길이 도도히 흐르듯 통일에 대한 염원은 저절로 굴러가게 될 테니까요. 그래서 저는 CRSF의 정보력을 모두 동원해서 그들의 움직임을 면밀히 조사하고 있었습니다. 그 결과 정체를 알수 없는 조직이 국내로 들어왔다는 것을 알게 되었습니다."

"정체를 알 수 없는 조직이라니요. 그게 누굽니까?"

"죄송한 말씀이나 아무래도 그들이 비밀리에 보유하고 있는 암살 조직인 것 같습니다."

"암살 조직!"

"그렇습니다."

"누구를 암살한단 말입니까?"

"신기혁 국방위원장입니다. 그리고 대통령님을 노릴 거라 판단됩니다."

"이런 미친!"

"대통령님, 단 한 번으로 모든 여론을 한 번에 끌어모아야 합니다. 그들의 음모가 우리에게는 오히려 정국을 반전시킬 수 있는 기회가 될 수 있습니다."

"으……."

박무현 대통령의 입에서 신음이 흘러나왔다.

수많은 경륜에서 비롯한 상황 판단력이 금방 정 의장의 뜻을 알아차렸기 때문이었다.

하지만 너무 위험하다.

남북의 지도자가 한꺼번에 목숨을 잃는다면 이 정국은 어디로 흘러갈지 몰랐다.

그럼에도 박무현 대통령은 금방 신음 소리를 접고 정 의장을 바라보았다.

"나와 신 위원장이 목숨을 걸면 되겠군요."

"죄송합니다. 하지만 절대 그런 일은 없을 겁니다. 청룡이 두 분을 지켜 드릴 테니 말입니다."

특전사령관 이학송은 상부에서 내려온 지시를 받고 급히 707특임대의 간부들을 소집했다.

그의 명령에 긴급하게 사령부로 들어온 사람은 특임대장 김대진 대령과 제1특지대의 알파 팀 최경모 대위, 브라보 팀의 김현철 대위, 탱코 팀의 송상호 대위였다.

"차렷! 사령관님께 경례!"

우렁찬 구호와 함께 네 사람이 일제히 거수경례를 붙이자 이학송 장군의 손이 천천히 올라갔다가 번개처럼 떨어졌다.

"오느라 수고 많았다. 앉아서 얘기하자."

이학송이 먼저 상석에 자리를 한 후 뒤이어 간부들이 자리에 앉았다.

그들은 당번병이 커피를 앞에 두고 나갈 동안 아무도 입을 열지 않았다.

모두 특임대의 경력이 15년을 넘었으니 작금의 상황에 대해서는 누구보다 잘 안다.

더군다나 사령관이 직접 호출했다는 것은 그들의 임무가 얼마나 중요한지 충분히 알 수 있는 것이었다.

커피 잔을 입에 물었던 이학송의 입이 서서히 열린 것은 간부들이 부동자세를 풀지 않은 채 긴장된 눈을 전면에 고정시키고 있을 때였다.

"뭐 하나, 커피 다 식어."

"감사히 마시겠습니다."

특임대장 김대진 대령이 먼저 부동자세를 풀었다.

그러자 다른 간부들도 뒤늦게 커피 잔에 손을 댔다.

이학송은 간부들이 커피를 마실 동안 농담을 건넸다.

"최 대위, 자네 꼴통 아들은 학교 잘 다니나?"

"대위 최경모. 네… 이제 정신 차리고 잘 다닙니다."

"다행이구나. 지랄의 법칙이라고 있어. 지랄하는 총량이 있어서 어려서 속을 썩인 놈은 일찍 철든다는 아주 신빙성 있는 이론이지. 그놈도 분명히 그런 룰에서 벗어나지 않을 거다. 그러니 이제부터 걱정하지 마라."

"감사합니다."

이학송의 위로에 최경모 대위가 희미한 웃음을 베어 물었다.

어린 나이에 사고를 쳐서 일찍 태어난 그의 아들은 중학교 때부터 꼴통 중의 꼴통이었다.

하라는 공부는 안 하고 매일같이 쌈질을 하면서 돌아다녔기 때문에 작전이 없는 날이면 매번 학교와 경찰서를 쫓아다니는 게 일이었다.

아들을 원망할 수는 없었다.

그 역시 어릴 적에는 갖은 망나니짓을 하면서 돌아다녔으니 아들은 그의 피를 이어받았던 모양이었다.

그나마 다행스러운 건 아들놈이 고등학교 3학년에 들어와 정신을 차리고 공부를 시작했다는 것이었다.

금년은 참 괜찮은 해인 것 같다.

연말이면 자신은 소령으로 진급할 것이고 아들마저 열심히 공부해서 대학에 합격을 한다면 올해는 정말 축복받은 해가 될 것이다.

"김 대위는 새로 이사한 집 어때?"

"대위 김현철. 좋습니다, 집사람이 아이처럼 좋아해서 민망할 지경입니다. 처음으로 집을 샀더니 펄쩍펄쩍 뜁니다."

"언제 집들이할래?"

"좋은 날로 잡아서 전화드리겠습니다."

"공수표 아니지?"

"그럴 리가 있겠습니까."

김현철 대위가 고개까지 흔들어대자 좌석에 앉아 있는 사람들이 모두 웃었다.

사령관이 집들이에 참석한다면 김현철은 한 달 정도 집에서 청소하느라 뻰이를 쳐야 할 것이다.

이학송 장군이 천천히 안색을 굳힌 것은 간부들이 남아 있는 커피를 마시면서 그의 눈치를 살필 때였다.

"대충 오면서 낌새는 챘겠지만 지금부터 작전 명령을 하달하겠다. 앞으로 7일 후 우리 대한민국에 북한의 신기혁 국방위원장이 들어온다. 따라서, 제1특지대가 그를 마크한다."

"단독 작전입니까?"

"당연히 아니다. 다른 부대는 외곽을 맡을 것이고 제1특지대는 밀착 경호 임무를 맡는다."

"대통령님은 누가 커버합니까?"

"대통령님은 제2특지대가 간다. 한 가지 알아둘 것은 우리 707이 2선을 때려 막는다는 것이다. 1선은 경호실 쪽에서 맡은 테니 김 대령은 경호 책임자와 긴밀한 협조를 하도록."

"알겠습니다."

"미리 말해두지만 이번 임무는 국가의 안위가 달린 것이다. 더군다나 비밀리에 내려온 정보에 따르면 암살조가 들어왔을 수도 있다는 것이다."

"암살조라면 누구를 말하는 겁니까?"

"나도 모른다."

"감히 어떤 놈들이 그런 짓을……."

"그냥 긴장하라고 한 말이 아니라는 것을 명심해. 이번 작전은 위험하다. 그러나 위험하다고 해서 피할 수는 없다. 온몸으로 막아라. 너희의 몸이 총탄에 갈가리 찢기는 한이 있어도 반드시 막아야 한다. 그것이 너희의 임무다."


\*            \*            \*

강태산이 우리나라 3대 광고 기획사 중 하나인 '뜰'에 들어서자 사람들의 시선이 일제히 몰려들었다.

슈퍼스타 강태산.

광고 회사는 그 특성상 수많은 스타가 왕래하는 곳이었다.

쉽게 말해서 어떤 스타가 찾아온다 해도 쉽게 놀라거나 흥분하지 않는다는 뜻이었다.

하지만 오늘은 달랐다.

강태산이 검은색 정장을 차려입고 '뜰'에 나타나자 사람들은 기겁을 하면서 그의 출현을 놀라운 눈으로 바라보았다.

사무실에 들어와서도 마찬가지였다.

미리 알고 기획부장이 안내했으나 강태산이 들어서자 기획팀에 소속되어 있는 30여 명의 시선이 일제히 그에게 집중되었다.

강태산은 그런 그들을 향해 가볍게 인사하고 부장의 안내에 따라 기획부 안에 마련되어 있는 별도의 룸으로 걸어갔다.

이미 그곳에는 기획1팀장을 비롯해서 은정과 계약 담당 직원이 자리를 차지하고 있었다.

"안녕하세요. 강태산입니다."

말로만 듣던 강태산.

그가 인사를 해오자 1팀장이 과장된 몸짓으로 반겼고 계약 담당을 맡고 있는 이혜숙이 활짝 웃음을 지으며 마주 인사를 했다.

그러나 은정은 강태산을 바라보며 반가움 대신 곤혹스러움을 나타냈다.

아직도 그녀는 강태산이 왜 '뜰'과 계약하려 하는지, 왜 그녀와만 상대하려 했는지 알지 못했다.

은정은 김 관장과 실무적인 협의를 하기 위해 혼자 세 번을 찾아갔다.

다른 사람은 대동하면 안 된다는 조건을 걸었기 때문에 홀로 움직일 수밖에 없었다.

오늘 강태산이 이곳에 온 것도 그녀와 김 관장이 협의한 결과에 의한 것이었다.

기획부장은 강태산에 관한 모든 일을 은정에게 의지했다.

오직 그녀에게만 허락된 일이었으니 그가 할 수 있는 일은 아무것도 없었다.

사람의 위치는 이토록 상황에 따라 급격하게 바뀐다.

기획부장은 물론이고 담당 상무와 심지어 사장까지 내려와 그녀를 격려했기 때문에 은정은 몸 둘 바를 몰랐다.

사장은 강태산과 무사히 계약을 체결하면 특별 보너스까지 주겠다는 약속을 할 정도로 그녀를 끔찍하게 여겼다.

강태산은 자리에 앉은 후 은정을 물끄러미 바라보았다.

마주치는 시선.

그 시선이 흔들리고 있었다.

"서은정 씨?"

"제가 서은정입니다."

"반갑습니다."

"저를 아시나요?"

"아뇨, 잘 모릅니다."

"강태산 선수는 저를 처음 보겠지만 저는 강태산 선수를 공항에서 뵌 적이 있어요. 그때 인터뷰를 하시는 중이었고 많은 사람들이 있었기 때문에 저를 보지는 못했을 거예요."

"하하, 그렇군요. 그때 알아봤으면 좋았을 텐데 아쉽네요."

"아니에요. 당연한 일인걸요."

"궁금한 게 있을 텐데 물어보지 않는군요. 저한테 궁금한 거 있죠?"

"있습니다."

"말해보세요. 대답해 드릴게요."

"왜 저를 선택하셨나요? 저는 오랜 시간 그것이 정말 궁금했어요."

"그건 간단합니다. 저는 사람들 모르게 여러 번 체육관에 갔었습니다. 그때마다 은정 씨가 계시더군요. 저는 그 열정에 감동해서 은정 씨를 선택한 겁니다."

"아……."

은정이 자신도 모르게 입을 벌렸다.

하지만 그것은 기획부장을 비롯해서 좌중에 있었던 모든 사람도 마찬가지였다.

그들 역시 왜 강태산이 은정을 찍어서 협상 대상자로 선정했는지 그동안 너무나 궁금했기 때문이었다.

쉽게 이해가 되지 않지만, 그렇다고 전혀 이해하지 못할 일도 아니다.

그들도 은정이 만덕체육관을 여러 번 찾아갔고 최근 들어서는 아예 그곳에서 움직이지 않았다는 걸 알고 있었으니 말이다.

차가 들어왔고 담소가 잠시 이어졌다.

그런 후 본격적으로 계약에 대한 내용들이 협의되기 시작되었다.

기획부장은 강태산을 모델로 삼고 싶어 하는 회사의 이름들과 모델료를 내놓고 장단점을 설명했는데 그 숫자가 20개가 넘었다.

재밌는 것은 강태산의 선택이었다.

그는 기획부장의 설명을 한 귀로 흘려들으며 은정을 빤히 쳐다봤다.

"저는 서은정 씨가 골라주는 것으로 하겠습니다."

"예?"

"서은정 씨의 열정이라면 저에게 가장 맞는 광고를 추천해 줄 것 같군요."

"강태산 선수……. 이것은 무척 중요한 일입니다. 서은정 씨가 고른다는 건 아무리 생각해도 아닌 것 같습니다."

"괜찮습니다. 저는 광고에 대해서 문외한이니까 서은정 씨의 선택을 따르겠습니다. 잠시만……."

당황해하는 기획부장의 말에 강태산이 빙그레 웃으며 말을 했다.

그러다가 그는 말을 다 끝내지 못하고 가슴에 들어 있던 자신의 핸드폰을 꺼내 들었다.

지랄 같은 예감.

오늘 중으로 비상이 걸릴 것이라는 예감은 정확하게 적중되었다.

핸드폰의 화면에는 다섯 글자의 문구가 껌벅거리며 나타나고 있었다.

'청룡비상2'.

강태산은 핸드폰을 품속에 집어넣고 자신을 바라보는 사람들을 향해 시선을 돌렸다.

그런 후 천천히 자리에서 일어났다.

"서은정 씨."

"예?"

"광고가 결정되면 김 관장님에게 연락을 주시기 바랍니다. 그리고 제가 다른 급한 일이 생겨서 광고 촬영은 조금 시간을 늦춰야 할 것 같습니다. 촬영 가능 일자는 김 관장님을 통해서 별도로 알려 드리죠. 자, 그럼 저는 이쯤에서 일어나야 할 것 같군요. 나중에 반가운 모습으로 만나 뵙기를 바랍니다."

강태산은 '뜰'에서 나와 곧장 양재로 향했다.

사무실에서는 최 국장이 굳은 얼굴로 그를 기다리고 있었다.

"어서 와라."

"그 일 때문입니까?"

"네가 모를 리 없겠지. 맞다, 그 일 때문이다."

"제가 할 일은 신기혁 국방위원장과 대통령을 지키는 것이 겠지요?"

"당연히. 하지만 그렇게 간단하지가 않아."

"말씀하십시오."

"우리 정보 팀 쪽에 이상한 움직임이 감지되었다. 일본에 여행 갔던 사람 중 하나가 변사체로 발견되었어. 이틀 전에."

"그런 일은 흔한 것 아닙니까?"

"감이 이상해. 그자는 사업차 혼자 여행 갔던 사람이었다.

아무리 뒤져도 일본의 시골구석에서 변사체로 발견될 사람이
아니었어."

"음……."

강태산의 머리가 빠르게 돌아갔다.

국장의 말에 담긴 의미. 그것은 제법 복잡했고 흥미로운 것
이었다.

최 국장이 다시 입을 연 것은 강태산이 손가락을 입으로 가
져갈 때였다.

"일본에는 전설로 치부되며 내려오는 조직이 있다. 들어봤
나?"

"닌자 말입니까?"

"그래, 닌자. 현대에서는 그놈들을 신풍이라 부른다고 하더
군."

"그러니까 정리를 하죠. 국장님 말씀은 놈들이 신분을 위장
해서 국내로 잠입했을 것이다, 이런 거군요."

"대충, 하지만 추리에 불과해. 정보 팀에서는 최근 한 달 동
안 일본에 혼자 넘어간 사람들의 리스트를 작성하고 있어. 무
슨 뜻인지 알겠지?"

"알겠습니다. 그러나 그렇게 해서는 안 될 것 같군요. 그건
너무 단순합니다. 효과도 없고요."

"어째서?"

"그 정도는 충분히 추리가 가능하다고 생각하지 않습니까? 만약 일본에서 움직인다면 우리가 예상하는 범주에서 움직이지 않을 겁니다."

"끙."

최 국장은 강태산의 말에 무거운 신음을 흘려냈다.

충분히 일리 있는 말이다. 그리고 그 역시 그런 정도는 충분히 짐작하고 있었다.

그러나, 시간이 없었다.

이제 남은 시간은 일주일. 그 짧은 시간 안에 변장해서 들어오는 암살조를 찾아낸다는 건 불가능에 가까운 일이었다.

그랬기에 그는 최선의 선택을 했을 뿐이다.

"그럼 네 생각은?"

"최근 한 달 동안 일본에서 들어온 입국자 명단을 모두 챙겨주십시오. 일본인은 물론이고 모든 명단이 포함되어야 합니다."

"어쩔 생각이냐. 그 많은 사람들을 어쩌려고!"

"국장님은 일본에서 일을 만드는 놈들이 누구라고 생각하십니까?"

"일본에는 우리나라의 국정원과 같은 기능을 가진 조직으로 내각정보국, 또는 정보조사실, 공안조사청이 있지. 그중 가장 유력한 놈들은 내각정보국이다."

"그렇다면 간단하고도 가장 효율적인 방법을 쓰지요. 저한테 맡겨주시면 알아서 하겠습니다."

"청룡…… 대통령님을 노리는 것은 일본만이 아니다."

"중국과 미국 말입니까?"

"나는 그자들도 움직일 것 같다는 생각이 든다."

최 국장은 고뇌에 찬 표정을 지었다.

너무나도 중요한 일.

남북한의 수뇌들은 지금 절체절명의 위기에 빠져 있었으니 그의 얼굴은 굳어진 채 풀어질 줄 몰랐다.

강태산의 입이 서서히 열린 것은 최 국장이 타 들어가는 속을 감당하지 못하고 앞에 놓인 물 잔을 들어 단숨에 마셨을 때였다.

"국장님, 저를 얼마나 믿으십니까?"

"…철썩같이 믿는다."

"그 믿음 꼭 가지고 계십시오. 국장님, 스트레스받으면 쉽게 늙습니다. 제가 깔끔하게 마무리해 드릴 테니 그 얼굴 그만 펴세요."


신기혁 국방위원장의 방문이 다가올수록 여론은 미친 듯이 날뛰었다.

일반 국민들은 모른다.

깊고 깊은 곳에 숨 쉬고 있는 음모의 향기를.

사람의 속성.

아마, 국민들의 여론이 부딪치고 있는 것은 단순한 이익과 신념의 차이에 불과했다.

강태산은 '청룡비상1'을 걸어 대원들을 소집했다.

6개월 만의 만남.

하지만 그들은 언제나 함께해 왔던 것처럼 강태산을 바라보는 눈길에 전혀 어색함이 없었다.

특히 차지연은 반가움으로 붉은 노을을 만들어내면서 반가움을 숨기지 않았다.

"어머, 우리 대장님 안 본 사이에 훨씬 멋있어지셨네?"

"비너스, 잘 지냈나?"

"못 지냈죠. 대장님 보고 싶어서 매일 잠을 이루지 못했더니 피부가 푸석푸석해졌어요."

대원들의 얼굴에서 웃음이 떠올랐다.

강태산의 천적은 언제나 차지연뿐이다.

그녀의 대답에 강태산이 풀썩 웃었다. 그는 대원들의 웃음을 막지 않은 채 잠시 동안의 해후를 즐겼다.

그러나 그 웃음은 오래가지 않았다.

"모두 착석, 시간이 없으니 우리의 목적과 작전에 대해서 설명하겠다."

언제 웃었냐는 듯 대원들의 얼굴이 순식간에 굳어졌다.

어느 순간이라도 그들이 모인다는 것은 국가에 커다란 위기가 닥쳤다는 것을 의미했다.

긴장감이 피어올랐고 대원들의 눈은 무저갱처럼 더없이 가라앉았다.

"언론을 통해 알다시피 북한의 신기혁 위원장이 남쪽으로 온다. 앞으로 남은 시간은 7일. 우리에게 떨어진 임무는 그와 대통령을 지키는 것이다."

"우리더러 보디가드를 하란 말입니까?"

의외의 말에 유상철의 반문이 즉시 흘러나왔다.

청룡은 대한민국 최고의 비밀 무기이자 최강 타격 팀이었으니 단순한 보디가드라면 청룡과 전혀 어울리지 않는 임무다.

그랬기에 반문을 하는 유상철은 물론이고 대원들의 얼굴에도 의아함이 흘렀다.

"나머지 설명을 듣도록!"

대원들의 의아함을 보면서 강태산의 눈이 차갑게 가라앉았다.

작전을 시행할 때면 강태산은 눈은 언제나 독사처럼 변한다.

짧게 끊어서 대원들의 의아함을 단칼에 때려 막은 강태산의 입에서 굵직한 목소리가 다시 새어 나왔다.

"신기혁 국방위원장의 방문을 원하지 않는 세력들이 있다. 그들은 한반도의 통일을 막으려 하고 그 수단으로 남북한의 지도자들을 제거할 것이란 첩보가 들어왔다."

"어떤 놈들입니까?"

"지금은 그 어느 것도 명확하게 노출되지 않았다. 하지만, 그 대상은 일본과 중국, 그리고 미국으로 예상된다."

"으… 이 개새끼들이……."

유태호의 입에서 슬며시 욕이 흘러나왔다.

하지만 입 밖으로 내놓지 않았을 뿐 다른 대원들도 마찬가지 심정이었던지 슬쩍 얼굴이 붉어졌다.

다시 질문을 던진 것은 유상철이었다.

그의 질문은 날카로웠고 정곡을 찌르는 것이었다.

"삼엄한 경비망을 뚫고 국가의 수반을 암살하기 위해서는 최고의 테러리스트들이 필요하겠군요."

"그렇다."

"아시겠지만 중국에는 공안부가, 일본에는 내각조사실이 있습니다. 그리고 미국에서 CIA가 대외 공작 업무를 총괄합니다. 그러나 놈들은 대상이 남북한의 지도자라면 극비리에 보유한 최고의 전력을 투입할 겁니다. 실패해서 정체가 노출되는 순간 국제사회에서 엄청난 압박을 받을 테니까요."

"당연한 판단이다. 그래서 한 가지 묻겠다. 그 삼국의 정보기관이 가지고 있는 시크릿 카드에 대해서 알고 있는 사람 있나?"

"일본에는 닌자의 후예들로 알려진 신풍이란 존재가 있다고 선배들에게 들은 적이 있습니다. 하지만 그 존재 유무는 확인되지 않았습니다."

가장 나이가 많은 서영찬이 대답하자 강태산의 고개가 끄덕여졌다.

유상철의 입이 열린 것은 그 다음이었다.

"미국 쪽에도 화이트 섀도우라 불리는 놈들이 있었습니다. 암호명은 모르지만 스파이의 세계에서는 은밀하게 회자되고 있는 놈들입니다. 그놈들은 단 한 번도 표적을 놓치지 않았다고 하더군요. 이란의 수상 탈레반과 미국에 반기를 들었던 파키스탄의 대통령 타미 후세인, 그리고 필리핀의 대통령 후보였던 파레 등의 암살이 화이트 섀도우의 짓으로 의심받고 있습니다."

"화이트 섀도우……. 국장님은 놈들의 암호명이 허드슨 강의 유령들이라고 부르더군."

"알고 계셨습니까?"

강태산이 정식 암호명을 말하자 유상철의 얼굴에서 낭패감이 떠올랐다.

화이트 섀도우에 관한 이야기는 8년 전 자신의 사수로 활동했던 전임 청룡대원의 입에서 들었던 것이었다.

스파이의 입은 무겁다.

절대 확인되지 않은 일에 대해서 이야기해서는 안 되고, 만약 그런 짓을 하게 되면 언제 목숨을 잃어도 변명이 안 된다.

그랬기에 지금까지 이야기한 적이 없었는데 강태산은 정확하게 놈들에 대한 이름까지 알고 있었다.

잠깐의 침묵.

그 침묵을 깬 것은 강태산이었다.

"중국 쪽은?"

"권단 내에는 혈귀로 불리는 놈들이 있다고 들었습니다. 정식 암호명은 모릅니다."

"그래……. 맞아, 혈귀들이 있지. 한 번도 작전에서 실패하지 않은 놈들이라고 들었다."

"그놈들이 들어온다면 정말 이 임무는 어려울 것 같습니다. 무엇보다 시간이 없으니 큰일입니다."

"크크크……. 맞아, 놈들을 찾기에는 너무 시간이 없다. 하지만, 우리는 놈들을 찾지 않을 것이다."

"무슨 뜻입니까?"

"놈들을 우리 눈앞에 나타나게 만들면 돼."

"어떻게……?"

"지금부터 팀을 나누겠다. 상철!"

"예. 대장님."

"부대장은 중환과 태호를 데리고 중국으로 넘어간다. 가서 공안부의 수장인 정청의 위치를 파악해라. 그놈을 한시도 놓치지 말도록."

"감시만 합니까?"

"내가 갈 때까지 기다려."

"알겠습니다."

"영찬!"

"예, 대장님. 너는 태양과 민호를 데리고 CIA 한국 지부장인 윌리엄스를 마크하도록."

"알겠습니다. 그놈의 일거수일투족을 놓치면 안 돼. 마찬가지로 내가 나설 때까지 움직이지 마."

"대장님은 다른 데로 가십니까?"

"나는 지연이와 함께 일본으로 떠날 것이다. 가서 신풍이란 놈들이 어디 있는지 알아내야지."

강태산의 대답에 일행의 입이 한꺼번에 씰룩거렸다.

암살을 하기 위해 들어온 놈들을 찾지 않겠다는 그의 뜻이 무엇을 의미하는지 정확하게 이해했기 때문이었다.

직접적이고 효과적인 방법.

꼬리를 찾는 것보다 강태산은 적의 머리를 치려는 것이 분명했다.

"남의 나라 지도자를 감히 노린다니, 너무나도 가소로운 놈들이냐. 남들보다 힘이 강하다고 해서 하지 않아야 할 짓조차 함부로 한다면 어떤 일을 당하는지 나는 이번 기회에 똑똑히 보여줄 생각이다."

"대장님, 신중하게 생각하셔야 합니다. 김정은이 죽는 바람에 국장님께서 시말서까지 쓰셨습니다."

"걱정하지 마. 국장님은 절대 그만두지 못해. 그 양반은 시말서를 무한정 써도 끝까지 붙어 있을 양반이야."

"왜 그렇죠?"

"아직 아들이 대학교를 졸업하지 못했거든."


강태산과 차지연은 그날 저녁 비행기 편을 통해 일본으로 향했다.

차지연은 임무에 대한 긴장감보다 강태산과 함께한다는 설렘이 더욱 큰 것 같았다.

"왜 나랑 파트너 했어요?"

"가장 자연스럽잖아. 남이 봤을 때."

"다른 마음은 전혀 없었고요?"

"없었어. 그러니까 까불지 말고 임무나 생각해."

"싫은데요."

"뭐가 싫어?"

"이렇게 좋은 기회는 오기 쉽지 않아요. 난 대장님과 데이트하는 기분으로 다닐 거예요."

나리타공항에 내린 차지연은 공항을 이용하기 위해 끝없이 들어오는 차들을 바라보며 방긋 웃었다.

가까운 나라 일본.

비행기로 불과 2시간도 걸리지 않았으나 일본의 정취는 대한민국과 너무나 다르다.

"지연아, 넌 날 괴롭히는 게 재밌어?"

"재밌어서 그러는 거 아니에요. 그냥 좋아서 그러는 거지."

"택시나 잡아라. 동경으로 빨리 들어가야 호텔을 잡을 수 있다."

"이번에는 같이 잘 거죠?"

차지연이 눈을 동그랗게 만들며 물었다.

신혼부부로 보이도록 위장해서 들어왔으니 천하의 강태산이라도 호텔에서 각방은 쓰지 않을 것이다.

그러나 강태산의 반응은 미지근함 그 자체였다.

"저기 빈 택시가 오는군."

강태산이 마침 들어오는 빈 택시를 보면서 걸어가자 차지연이 부리나케 따라갔다.

한두 번 당한 일이 아니었으니 부끄럽거나 실망하지는 않는다.

강태산의 말처럼 나리타공항에서 동경까지는 30분 정도 들어가야 한다.

그동안 차지연은 오랫동안 만나지 못했던 강태산에게 별별 이야기를 다 했다.

"나 말이에요. 정말 대장님하고 분위기가 비슷한 사람 봤어요."

"그건 또 뭔 소리냐?"

"내 친구가 남자친구라면서 소개시켜 준 사람이 있었는데 얼굴은 완전히 달랐지만 분위기가 정말 비슷했어요."

"성격이 나처럼 시크했던 모양이지."

"그건 아닌데…… 그 사람은 다정다감한 성격이었어요. 성격도 다르고 얼굴도 다른데 왜 대장님이 자꾸 생각나는지 모르겠더라고요."

차지연의 말에 강태산의 얼굴이 자신도 모르게 일그러졌다.

여자의 직감.

가슴에 품은 사람은 어디에서도 느낄 수 있는 것일까?

"참, 별소릴 다 한다. 얼굴도 다르고 성격도 다른데 비슷한 분위기라니. 난 그런 소리 처음 들어."

"그렇죠? 맞아요. 아무래도 내가 대장님을 간절하게 그리워하다 보니까 그렇게 된 모양이에요."

"그만해라. 넌 부끄럽지도 않냐. 여자는 말이다, 좋아하는 사람과 사귀어야 행복해진단다. 그러니까 제발 그만 괴롭히고 좋은 놈 만나서 시집이나 가!"

"좋은 놈이 어디 있어요?"

"어딘가 찾아보면 있을 거야."

"아까 이야기했던 그놈도 얼굴은 그럭저럭이었지만 정말 착하고 진솔했어요. 그런데 그런 놈이 친구를 울리더군요. 내가 봤을 때는 내 친구보다 훨씬 못한 놈인데도 말이에요. 친구가 그랬어요. 그놈이 자신을 무척 아껴준다고. 그런데 가차 없이 떠났다더군요. 그러니까 대장님의 논리는 맞지 않아요."

민다영의 이야기다.

차지연은 자신의 친구인 민다영의 이야기를 하고 있는 중이었다.

그랬기에 강태산의 얼굴에서 조금 남아 있던 미소가 완전히 사라졌다.

"그 여자 많이 아파했니?"

"사랑했었나 봐요. 많이. 한동안 울면서 지냈어요. 사랑을 빼앗긴 여자는 슬프거든요."

"남자도 그 여자를 사랑했었다면 아팠을 거다. 남녀의 헤어짐에는 분명 어쩔 수 없는 이유가 있는 법이야. 그렇게 단정할 일이 아니다."

"싫어요. 난 그런 이별 원하지 않아요."

"그래, 그럼 평생 데리고 살 놈 찾아봐. 애꿎은 나만 괴롭히지 말고."

"정말 나는 안 돼요?"

"그래."

"왜요?"

"난 오래전부터 사랑하는 사람이 있다."

"거짓말, 거짓말하지 말아요!"

"믿고 안 믿고는 네 자유다. 하지만 나를 네 세계로 끌어들일 생각을 가졌다면 빨리 포기하는 게 좋을 거다."


저녁을 호텔에서 보냈다.

차지연과 단둘이.

하지만 그들은 같은 방에서 자지 않았다.

슬립으로 갈아입은 차지연이 포도주까지 마신 후 다가왔으나 강태산을 어쩌지는 못했다.

강태산이 방문을 잠그고 열어주지 않았기 때문이었다.

"야, 이 바보야. 너 정말 이럴 거냐!"

차지연은 새벽 2시가 될 때까지 계속해서 술을 마시며 주정을 부렸다.

그녀의 목소리는 날카로웠음에도 아기 새의 울음처럼 처량

하고 서러운 것이었다.

그러나 강태산이 들어간 방은 침묵으로 일관하며 그녀의 애원을 거부했다.

그녀는 절대 건드려서는 안 될 여자였다.


다음 날.

호텔을 나서는 강태산의 표정은 차갑게 가라앉아 있었다.

어젯밤, 차지연의 대시를 받으며 고뇌에 찼던 표정은 어느새 사라졌고 그의 눈에서는 오직 푸른빛만 흘러나오고 있었다.

"지연아, 일본의 내각정보국이 어디에 있지?"

"동경 외곽, 히노데에 있습니다. 여기서 한 시간은 가야 합니다."

"교통편은?"

"일본은 전철의 나라예요. 전철을 타면 근처까지 갈 수 있어요."

"그럼 가자."

"어쩌시려고요!"

차지연의 눈도 변해 있었다.

그녀는 이미 어젯밤 사랑을 갈구하면서 떼를 쓰던 여자가 아니었다.

그런 그녀를 향해 강태산의 눈이 빛났다.

"지금쯤 놈들은 서울로 들어갔을 거야. 시간이 없으니 단박에 해치우고 여길 뜰 생각이다."

"그곳은 요새나 다름없습니다. 무장 병력이 24시간 경비를 서는 곳이고 출입 통제도 완벽해요."

"어떤 곳도 나를 막을 수 없다. 오늘 내각정보국은 쑥대밭으로 변할 것이다."

제7장
**암살자들**

일본이 전철의 나라라는 차지연의 말은 역으로 들어서는 순간 실감할 수 있었다.

미로같이 뻗어 있는 전철의 노선들.

단 하나의 역에 여러 개의 노선들이 운영되었는데 마치 거미줄처럼 섞여 있었으나 그 속에서도 질서를 잃지 않고 있었다.

전철을 타고 가면서 차지연은 긴장을 했는지 자꾸 입술에 침을 발랐다.

일본으로 건너왔지만 아무런 준비도 하지 않았다.

물론 기본적인 무기는 소지했지만 권총에 불과했고 심지어 강태산은 그마저도 없었기 때문에 내각정보국에 가까워지면서 불안은 점점 커져갔다.

강태산이 보유한 것은 불과 50㎝가 조금 넘는 짧은 단봉뿐이었다.

하지만 그녀는 그것이 무슨 물건인지 몰랐다.

한월.

오랜 세월을 거쳐 명공의 손에 의해 탄생된 천고의 병기.

그것이 바로 한월이다.

뭔가를 생각하던 강태산의 입이 열린 것은 전철을 탄 지 30분이 훌쩍 넘었을 때였다.

"지연아."

"예?"

"너는 히노데에서 내리면 역 근처에서 움직이지 말고 기다려."

"그게 무슨 말씀이세요?"

"내가 올 때까지 기다리란 뜻이다."

"혼자 하시겠다는 거예요?"

"그래, 싸우려고 온 게 아니니까 넌 나와 같이 갈 필요가 없어. 금방 끝내고 올 테니 떠날 준비나 해."

"거긴 진짜 용담호혈이에요. 일본의 최정에 특수 요원들이 잔뜩 몰려 있는 곳이란 말이에요. 혼자 가면 위험해요!"

"걱정하지 마라."

차지연의 얼굴을 보면서 강태산이 빙그레 웃었다.

아직도 그녀는 자신의 정확한 능력을 모르기 때문에 이런 상황이 오면 불안감을 숨기지 못한다.

그것이 귀엽다.

평소에는 그림을 그리며 시간을 보낸다고 했던가.

청룡대원으로서의 그녀는 누구보다 무서운 여인이었기에 다소곳하게 앉아 그림을 그린다는 것이 상상되지 않는다.

시간은 빠르게 흘러갔고 방송에서 다음 역이 히노데라는 안내 멘트가 예쁜 여자의 목소리로 안내되었다.

강태산은 전철이 천천히 정차되는 순간 자리에서 일어나 문으로 다가왔다.

그러자 차지연이 반대쪽 문으로 걸어갔다.

말을 하지 않아도 통한다.

워낙 위험한 작전을 많이 해봤기 때문에 조금의 실수와 증거를 남기지 않는 게 몸에 배어 있다.

강태산뿐만 아니라 그녀도 이제 문을 나서면 사람들 틈에 섞여 역에 설치되어 있는 CCTV의 사각으로 완벽하게 숨어들 것이다.

강태산은 차지연과 헤어진 후 곧장 태을경공을 극으로 펼쳤다.

　내각정보국은 히노데 역과 승용차로 20분 정도 떨어져 있는 곳에 위치하고 있었는데 최신식 25층 건물로 지어져 겉보기에는 일반 회사 빌딩과 다름이 없어 보였다.

　정문은 굳게 잠겨 있어 철옹성처럼 느껴졌다.

　그러나 강태산은 굳이 정문을 통과하지 않았다.

　정보국을 둘러싼 벽은 아름답게 치장되어 있었다.

　마치 하나의 예술 작품처럼 정교한 조각물이 연속으로 이어져 있었고 그런 것들이 빌딩을 완전하게 둘러쌌다.

　하지만 그 벽은 틀림없이 초정밀 전파망이 구축되어 외부인의 출입을 차단하고 있을 것이다.

　벽을 뛰어넘는 강태산의 얼굴에는 조금의 주저함도 보이지 않았다.

　상식을 뛰어넘는 움직임.

　강태산의 몸은 새처럼 비상해서 벽을 넘었는데 얼마나 빠른지 눈에 보이지도 않았다.

　한월 하나만 있으면 고정밀 지문 시스템이 갖춰져 있는 빌딩의 현관을 통과할 수 있으나 강태산은 그렇게 하는 대신 빌딩의 2층 창문을 향해 한월을 쏘아냈다.

　창문은 깨지는 게 아니라 그저 부스러졌다.

현천기공이 발휘된 파천도법은 외부의 공격을 막기 위해 설치해 놓은 두꺼운 방탄유리를 가루로 만들어 버렸다.

복도로 들어선 강태산은 즉시 한월을 공중으로 날렸다.

복도로 따라 촘촘히 설치되어 있는 CCTV 세 대가 한월에 의해 동시에 박살이 났다.

시간이 많지 않았다.

CCTV가 박살이 난 이상 비상이 가동될 가능성이 컸다.

뚜벅뚜벅.

복도를 따라 걷던 강태산은 맞은편에서 다가오는 사내를 확인하고 번개같이 낚아챘다.

일본의 내각정보국은 비밀투성이었기 때문에 먼저 국장의 위치를 확인할 필요성이 있었다.

사내는 강태산에게 제압된 후 두려움에 서서히 물들어갔다.

도대체 어떻게 제압되었는지 알 수 없을 정도로 강태산의 행동은 귀신과 같았다.

"정보국장 사사끼는 어디에 있나."

말을 하지 않는다는 건 불가능에 가까운 일이다.

현천기공이 칠성을 통과하자 그동안 불가능했던 심령 제압이 가능해졌기 때문이었다.

사내로부터 국장의 사무실이 16층에 있고 현재 그곳에서 집무를 보고 있다는 것을 확인한 강태산의 손이 번개처럼 움직였다.

망혼술이 펼쳐졌던 것이다.

정신을 차리고 일어났을 때 사내는 비상계단에 앉아 있는 자신을 발견하고 황당한 표정을 지을 게 분명했다.

강태산은 태을경공을 펼쳐 비상계단을 올라갔다.

완벽한 방어선.

비상계단에는 CCTV가 층마다 설치되어 있었고 눈에 보이지 않는 레이저가 침입을 막기 위해 곳곳에 박혀 있었으나 강태산을 따라잡지는 못했다.

육안으로의 식별이 불가할 정도의 속도.

상황실에서 건물의 방어를 지휘하고 있는 자들은 두 눈을 멀쩡히 뜨고도 침입자가 움직인다는 것을 알아채지 못할 정도로 강태산의 태을경공은 무시무시한 속도를 펼쳐냈다.

두렵다기보다는 귀찮음을 피하고 싶었다.

그의 존재를 알아낸 정보국의 요원들이 완전무장 상태로 덤빈다 해도 그를 잡기는 불가능할 테지만 국장에게 들어야 할 말이 있으니 최대한 은밀하게 행동할 생각이었다.

16층에 도착한 강태산은 조금도 주저하지 않고 사무실 문을 부쉈다.

강철 합금으로 제작된 문은 지문 인식 시스템이 설치되어 외부인의 출입을 통제하고 있었으나 한월은 그런 첨단 시스템을 무력화시키기에 충분했다.

문을 부수고 사무실문으로 들어서자 십여 명의 사내가 강태산의 모습을 확인하고 분분히 가슴에 손을 집어넣는 것이 보였다.

괴한의 난입에 당황했을 법도 하건만 그들의 대응은 눈부실 정도로 민첩했다.

그러나 그들은 꺼내든 권총을 쏘지 못했다.

강태산의 모습이 시야에서 갑자기 사라졌기 때문이었다.

픽, 픽, 픽!

강태산의 손에 들려 있는 한월의 도갑이 움직일 때마다 사내들은 허수아비처럼 정신을 잃어갔다.

눈 깜짝할 사이에 벌어진 일이었다.

강태산이 사무실 문을 부수고 들어와 열 명의 사내들을 제압하는 데까지는 불과 10초도 걸리지 않았다.

사무실과 연결된 국장실로 들어서자 세 명의 남자가 소파에 앉아 있는 것이 보였다.

멋들어진 수염을 기른 사내.

사내의 정체가 사사끼라는 건 앉아 있는 자세만 봐도 충분히 알 수 있었다.

책상에는 서류들이 어지럽게 놓여 있는 걸 보니 뭔가를 보고받고 있었던 모양이었다.

강태산이 문을 차고 들어서자 사사끼의 얼굴이 일그러졌다.

내각정보국에 근무하는 수백 명의 요원 중 국장실 문을 이렇게 열고 들어올 수 있는 사람은 아무도 없었다.

"너는 누구냐?"

강태산은 대답하지 않았다.

대신 불쑥 다가가 앞에 앉아 있던 사내의 머리를 한월도갑을 이용해서 그대로 내려쳤다.

풀썩.

반항하고 어쩌고 할 새도 없었다.

사사끼가 벌떡 일어났다가 금방 자리에 꼬꾸라지듯 쓰러졌다. 그의 입에서는 끊어질 듯 비명이 이어지고 있었다.

명치에 한 방, 턱주가리에 한 방.

내공을 쓰지 않았으나 그것만으로 사사끼는 극도의 고통 속에 사로잡혔다.

"내가 누구냐고 물었지? 난 강태산이야. 대한민국의 수호자."

"으……."

"생각 같아서는 여기서 너를 죽이고 싶지만 나는 그러지 않을 생각이다. 왜냐하면, 넌 살려둘 이유가 있거든."

강태산은 말을 이었다.

"지금부터 나는 몇 가지를 너에게 요구할 생각이다. 반항해도 소용없어. 어차피 너는 해야만 할 테니까. 나를 봐. 당장 내 눈을 바라보지 않으면 네 눈알을 파버릴 테다."

강태산이 굵직한 목소리로 말을 하자 사사끼의 눈이 자신도 모르게 따라 올라왔다.

잔인하다. 그리고 거침이 없다.

이런 행동과 목소리를 가진 자는 정말 말을 듣지 않으면 눈을 파버릴지도 몰랐다.


윙, 윙, 위잉…….

건물 전체에서 경고 사이렌이 울리기 시작했다.

CCTV 몇 개 부수고 국장실에 난입한 지 불과 5분도 채 지나지 않았을 때였다.

역시 한 국가의 정보를 책임지는 내각정보국답게 보안망의 가동 속도가 놀라울 정도로 빨랐다.

그러나 강태산은 얼굴색 하나 변하지 않은 채 23층을 향해 이동했다.

일본의 정보 심장, 내각정보국의 정보를 총괄하는 슈퍼컴퓨터가 그곳에 있다는 것을 알아냈기 때문이었다.

각국에 대한 비밀 정보와 전 세계에서 활동하는 요원들이 수집한 주요 정보들이 망라되어 있는 슈퍼컴퓨터.

그것을 때려 부수면 일본은 한동안 눈먼 벙어리가 될 수밖에 없을 것이다.

해야 할 일은 모두 마쳤고 들어야 할 정보를 모두 알아냈기에 강태산은 그때부터 거침없이 움직였다.

그를 향해 다가오는 움직임이 느껴졌으나 강태산은 총으로 무장한 경비 요원들을 꺼꾸러뜨린 후 순식간에 23층으로 올라갔다.

폭탄은 준비하지 않았으나 온몸이 가공할 무기인 강태산은 조금도 주저하지 않았다.

후르륵.

한월에서 새파란 도기가 솟구쳐 올라왔다.

국장실에 있었던 문보다 훨씬 두꺼운 정보실의 문짝이 걸레처럼 찢겨 나갔다.

이미 정보실 요원들도 비상 경고음을 듣고 경계를 하고 있었으나 한월은 작정한 듯 피바람을 일으켰다.

원하는 것을 얻은 이상 적대하는 자들은 이제 살려둘 이유가 없었다.

한 자에 달하는 푸른 도기.

방탄유리 속에서 귀중하게 보관된 채 벌 떼의 울음소리처럼 웅웅거리며 돌아가던 5대의 슈퍼컴퓨터가 박살이 나기 시작했다.

강태산은 파천도법을 등에 매고 칼춤을 추었다.

푸른 도기가 난사되며 사방을 향해 쭉쭉 뻗어 나갔다.

폭탄은 없었으나 폭탄이 터지는 것보다 훨씬 커다란 폭발
이 연속으로 일어났다.

쾅… 콰르릉.

이것이 파천도법이다.

하늘까지 찢어발긴다는 천고의 절예.

무림에서도 강력함으로는 세 손가락 안에 꼽힌다는 파천도
법이 펼쳐지자 정보실은 그야말로 풍비박산이 났고 슈퍼컴퓨
터는 가루가 되어 흩날렸다.

강태산은 먼지가 되어 사라지는 슈퍼컴퓨터를 확인하고 머
리를 천천히 좌에서 우로 돌렸다.

오랜만에 시전한 현천기공과 파천도법은 예상했던 것보다
훨씬 그 위력이 대단했다.

쩍쩍 갈라진 건물의 벽.

슈퍼컴퓨터를 목표로 시험하듯 단 오성의 내공만 썼음에도
그 여파로 견고했던 콘크리트 벽들이 쩍쩍 갈라져 금방이라도
쓰러질 것처럼 비틀거렸다.

생각 같아서는 정보실 밖에서 완전무장 상태로 접근해 오
는 적들을 박살 내고 싶었지만 강태산은 미련 없이 깨어진 창

문을 향해 몸을 날렸다.

예전이라면 모를까 어떤 자들이 와도 그를 잡을 수는 없다.

현천기공이 팔성을 넘어선 그는 바람 같은 자유와 벼락과 같은 힘을 가졌으니 마음만 먹는다면 어떤 곳도 초토화시켜 버릴 수 있었다.


강태산이 돌아오자 차지연의 눈이 놀라움을 숨기지 못했다.

그가 떠난 후 불과 30분도 지나지 않았기 때문이었다.

"왜요, 도저히 안 되겠어요?"

"뭐가 안 돼?"

"왜 그냥 돌아왔느냐고요?"

"일은 다 끝냈어. 돌아가자, 아직도 할 일이 많다."

"대장님! 뭘 끝냈다는 거예요? 가긴 간 거 맞아요?"

"못 믿겠냐?"

"말이 안 되잖아요. 아무리 태을경공을 이용했어도 가는 데 만 30분이 걸리는 거리예요. 그런데 목적을 이뤘다니 그게 말이 돼요? 거짓말하면 엉덩이에 털 난다고요!"

"가서 기차표나 끊어. 금방 떠나야 해. 우리는 오늘 중으로 서울을 경유해서 중국으로 들어가야 한다."

"이 양반, 정말 미치겠네."

"지연아, 5일 남았다. 서두르지 않으면 천추의 한을 남길지도 몰라. 그러니까 더 묻지 말고 움직이기나 해."

*　　　　*　　　　*

일본의 내각정보국은 발칵 뒤집혔다.

갑작스러운 침입, 그리고 슈퍼컴퓨터의 완벽한 파괴.

일본의 최정예 정보 요원들이 모여 있는 완벽한 요새, 내각정보국은 침입자에 의해 자신들의 목숨보다 소중한 슈퍼컴퓨터를 잃어버리자 멘탈이 붕괴되는 상태에 빠져들었다.

그 여파는 너무나 컸다.

모든 CCTV를 확인했으나 침입자의 정체를 알아낼 수 없었다.

침입자가 들어간 사무실이나 복도의 CCTV는 가루로 변해 기능을 완전히 상실했기 때문이었다.

그것은 침입자에 의해 제압당했던 자들도 마찬가지였다.

어떻게 당했는지조차 모를 정도로 제압당했기 때문에 그들은 침입자가 몇 명인지 어떻게 생겼는지조차 몰랐다.

더욱 이상한 건 그들이 아무런 기억조차 하지 못한다는 것이었다.

특히 국장인 사사끼는 정신을 차린 후에야 내각정보국이 침입자에 의해 파괴되었다는 사실을 뒤늦게 알았을 정도였다.

발칵 뒤집힌 내각정보국의 최정예 요인들이 창문을 통해 사라진 침입자를 잡기 위해 히노데 일대에 일급 경계망을 설치했으나 아무런 단서조차 찾아내지 못했다.

모든 CCTV를 뒤졌지만 그 시간 내각정보국을 빠져나간 사람이나 차량은 그 어디에도 없었다.

정말 귀신이 곡할 노릇이었다.

침입자는 분명히 존재했고 정보국의 생명줄인 슈퍼컴퓨터가 완전히 파괴되었는데도 아무런 단서조차 찾아내지 못했으니 국장인 사사끼를 비롯한 간부들은 망연자실한 상태로 그저 악을 써대는 수밖에 없었다.

내각정보국의 수장 사사끼가 관방장관실을 찾은 것은 그날 오후였다.

미리 보고를 받은 관방장관 하야시는 그를 기다리고 있었는데, 얼굴이 누렇게 떠 있었다.

슈퍼컴퓨터의 파괴.

슈퍼컴퓨터에는 수많은 정보가 담겨 있었다.

미국이 비밀리에 추진하고 있는 우주개발 프로젝트에 관한 것부터 각국이 개발하고 있는 최신 신무기, 일본의 지진 현황 및 예측 보고서, 세계에서 활동하고 있는 스파이들이 보내온 비밀 정보와 일본의 정치가들과 재계 인사들의 첩보는 물론이고 세계 유수기업들과 인사들에 대한 정보들이 총망라되어 있었기 때문에 일본이 받아야 할 타격은 돈으로 환산할 수 없을 정도였다.

물론 복구는 가능하다.

하지만 그 시간이 얼마나 될지는 예측할 수 없을 정도로 많은 시간이 필요하게 될 것이다.

무섭게 흘러가는 세계 정치와 과학 문명에서 그들의 신비를 저장한 슈퍼컴퓨터가 파괴되었다는 것은 그 시간들이 일본에 치명적인 손실로 작동된다는 것을 의미했다.

그랬기에 관방장관 하야시는 내각정보국장 사사끼가 들어서자 소리부터 질렀다.

"국장, 도대체 어떻게 된 일이오?"

"지금 상황을 파악하고 있는 중입니다. 그러나 워낙 신출귀몰하게 움직였기 때문에 정체를 알아내지 못하고 있습니다. 시간이 더 필요할 것 같습니다."

"이런 제길!"

떠듬거리며 사사끼가 보고하자 관방장관이 허연 얼굴로 담배를 빼어 물었다.

그는 담배 연기를 한 모금 길게 뿜어낸 후 사사끼를 향해 날카로운 시선을 던지며 이를 가는 듯한 목소리를 뱉어냈다.

"피해는, 슈퍼컴퓨터뿐입니까?"

"15명이 죽었습니다. 12명은 중상을 입었고요."

"총이었소?"

"아닙니다. 칼에 당한 것 같은데 그것도 정확하지는 않습니다."

"칼이면 칼이지, 정확하지 않다는 건 뭐요?"

"칼이라고 생각하기에는 상처가 너무 큽니다. 단 일격에 사망을 했는데 뭐라고 표현하기 힘들 정도입니다."

사사끼가 자신의 핸드폰을 꺼내 동영상을 보여주자 하야시의 얼굴이 급격하게 일그러졌다.

시신의 상태가 엉망이었기 때문이었다.

이것은 마치 폭탄에 당해서 사무실 전체가 박살이 난 것과 비슷했다.

"으……. 이런 상태가 어찌 칼로 인한 거란 말입니까. 말이 된다고 생각하시오?"

"저도 믿기지 않지만 전문가들의 최종 판단이 그렇습니다."

"좋소, 그게 중요한 건 아니니까 그건 그렇다 칩시다. 하나만 더 묻겠소. 국장은 이것이 누구 짓이라 생각합니까?"

"지금으로서는 뭐라 말씀드리기 힘든 상황입니다. 다만, 저보고 굳이 말하라면 한국을 선상에 놓겠습니다."

"왜?"

"가장 유력한 용의자니까요. 우리 일본이 현재 움직이고 있는 상황이 그렇잖습니까?"

"그자들이 알았다는 뜻이요?"

"의심을 할 수는 있겠지만 정확한 내용을 알지는 못할 겁니다. 워낙 은밀하게 움직이고 있으니 의심 정도만 할 뿐이겠지요."

"만약 놈들이 알았다면?"

"알았다 해도 결과는 변하지 않습니다. 놈들이 슈퍼컴퓨터를 파괴했지만 말살 프로젝트에 대해서는 어떠한 정보도 가져가지 못했습니다."

"음……. 지금 신풍은 어디에 있소?"

"서울의 안가 다섯 곳에 은닉하고 있습니다."

"우리가 말살 프로젝트를 가동했다는 것이 알려지는 날에는 일본 전체가 위기에 빠집니다. 국장은 목숨을 걸어야 할 거요."

"전부 흩어져 있기 때문에 만약 무슨 일이 생긴다 해도 프로젝트에는 아무런 문제도 없을 겁니다. 더군다나 신풍은 프로젝트가 완료되면 모두 소멸될 테니 일본에 해가 되는 어떤 일도 일어날 수 없습니다."

"슈퍼컴퓨터의 복원에는 얼마나 걸리겠소?"

"최소 2년은 소요될 것 같습니다."

"최대한 빨리 복원하시오. 총리께서도 커다란 우려를 나타내고 계신단 말이오. 그리고 범인은 반드시 잡으시오. 일본을 건드렸으니 그 배후를 잡아서 박살을 내야 하오. 내 말 알겠소!"

그 시각.

강태산은 차지연과 함께 북경행 비행기에 몸을 싣고 있었다.

그들의 이동속도는 포위망보다 훨씬 빨랐다.

원래 계획은 서울로 들어갔다가 북경으로 이동하는 것이었으나 강태산은 일정을 바꿔 버렸다.

시간이 부족하다고 생각했기 때문이었다.

이제 남은 시간은 단 5일.

그 안에 대한민국으로 숨어든 암살자들을 처리하지 못한다면 대한민국은 커다란 혼란 속으로 빠져들게 될 것이다.

북경에 도착한 강태산이 핸드폰을 꺼내어 신호를 보내자 유상철의 목소리가 들려왔다.

"위치는?"

"놈은 펑타이에 있습니다. 북경 경제인들과 밥을 처먹고 나오는 중입니다."

"내가 그곳으로 가겠다."

"차로 이동 중입니다. 방향을 보니까 집으로 가는 중인 것 같습니다. 어떻게 할까요?"

강태산이 팔을 들어 손목에 찬 시계를 확인했다.

지금 시각 밤 9시 38분.

공안부장 정청은 일정을 마치고 집으로 돌아가는 것이 분명했다.

"경호는?"

"세 대가 따라붙고 있습니다. 열 명 정도 되어 보입니다."

"그럼 그냥 집으로 가. 괜히 길에서 소란을 피울 필요는 없다."

"알겠습니다. 도착하면 정확한 위치를 말씀드리겠습니다."

"위치만 말하고 너희들은 지금 바로 공항으로 움직여라. 나를 기다릴 필요 없어. 곧장 서울로 들어가란 말이야."

"괜찮으시겠습니까?"

"민호만 남겨서 가장 빠른 서울행 비행기를 예약해 놔. 지금은 비수기니까 좌석은 있을 거다."

"알겠습니다."

"들어가는 대로 부대장, 네가 윌리엄스를 확보해. 밤사이에 처리하도록."

"제가 심문할까요?"

"아니, 내가 끝나면 할 테다. 새벽쯤이면 도착할 테니 준비만 해놔."

공항에서 택시를 타고 이동하는 동안 유상철은 정청의 집 위치를 보내왔다.

북경 중심가로 불리는 펑타이의 최고급 주택가였다.

중국은 권력이 있는 곳에 돈이 흐른다는 말이 정확하게 지켜지는 나라였다.

사회화가 지속적으로 진행되고 있지만 부정부패의 고리는 여전히 끊이지 않았다.

그런 마당이었으니 모든 정보를 한꺼번에 쥐고 있는 정청은 막강한 권력가였고 엄청난 부자이기도 했다.

강태산은 5㎞ 떨어진 곳에서 내려 태을경공을 펼쳤다.

차지연과 같이 북경으로 날아왔지만 그녀는 공항에서 대기하다가 유상철과 함께 서울로 들어가도록 지시를 내렸다.

안 가겠다고 버티면서 차지연이 바라보았으나 강태산의 눈은 더 없이 차가워져 있었다.

야차의 눈.

적을 눈앞에 둔 야차는 조금의 연민이나 동정을 보여주지 않는다.

정청의 저택에 도착한 후 강태산은 눈을 지그시 오므렸다.

저택이 아니라 성처럼 대단한 규모였다.

전등과 가로등이 모두 불이 켜져 있었는데 밤이었음에도

낮처럼 환했다.

더군다나 경호원의 숫자들이 유상철에게 들은 것보다 훨씬 많았다.

죄를 지은 놈은 자신의 안전을 위해 무슨 짓이라도 한다더니 정청은 불을 환하게 밝혀놓은 채 수많은 경호원들 속에 숨어 있었다.

그러나 강태산은 비릿한 웃음을 지은 채 담을 타고 넘었다.

최첨단 경보 시스템으로 무장한 일본의 내각정보국까지 털어버린 그로서는 정청의 저택 정도는 식은 죽 먹기였다.

마음만 먹는다면 이 저택을 완벽하게 세상에서 지울 수도 있었으나 강태산은 그럴 생각이 없었다.

목적은 오직 하나.

대한민국에 들어와 있는 혈귀들의 위치와 정보였으니 정청을 죽일 필요가 없었다.

아니, 오히려 놈을 죽이는 순간 혈귀들은 더욱 깊은 곳으로 숨어들 수도 있었다.

그것은 그가 바라는 바가 아니었다.

일본의 내각정보국장을 살려준 것도 그런 이유 때문이었다.

슈퍼컴퓨터를 부순 것은 일본이 자랑한다는 내각정보국이 얼마나 하찮은 존재인지 알려주기 위함이었을 뿐이다.

경호원들은 강태산이 저택으로 숨어든 후 정청의 침실까지 들어갈 동안 눈 뜬 장님에 불과했다.

강태산은 귀신과 동기동창일 정도로 은밀했고 빨랐기 때문에 저택 주변을 완벽하게 차단했던 경보음도 기능을 발휘하지 못했다.

"일어나라, 정청."

강태산이 정청의 귀를 틀어쥐고 끌어 올렸다.

웬만한 자라면 숨어들어 온 곳에서 그런 짓을 하지 않으련만 강태산은 여유 있게 장난스러운 동작으로 정청의 귀를 끌어당겼다.

잠에 취해 있던 정청이 습관적으로 팔을 뻗어 뭔가를 집으려는 시늉을 취하는 순간 강태산의 왼팔이 놈의 팔을 제압했다.

매그넘 44.

정청이 침대 시트 안에서 집으려 한 것은 미국이 자랑하는 권총 매그넘 44였다.

이제 완전히 정신을 차린 정청을 향해 강태산이 권총을 코에 갖다 댔다.

"중국 놈이 미국 놈들 권총을 가지고 있구만. 일국의 공안부장이 성능 때문에 외제를 쓰면 되겠어?"

"으……. 넌 누구냐?"

"이 새끼가 목소리 깔고 있어? 죽을라고. 지금부터 넌 딱 세

대만 맞아라. 내가 온 용무는 그다음에 해결하자."


정신없는 하루.

일본, 중국을 거쳐 강태산이 서울로 돌아온 것은 다음 날 새벽 4시 30분이었다.

서울로 돌아와 유상철에게 전화를 걸자 윌리엄스를 제압해 놨다는 보고가 들어왔다.

윌리엄스는 CIA 한국 지부장이었으나 정청과는 비교하지 못할 정도로 경호가 허술했다.

하긴 이해가 된다.

그동안 CIA를 건드릴 세력이 전무했으니 놈은 점점 간이 커져서 자신의 신변 보호에는 신경을 쓰지 않았다.

놈의 간을 커지게 만든 것은 대한민국에 존재하는 권력가들이었다.

그자들은 정보를 틀어쥔 윌리엄스에게 갖은 아첨과 접대를 해가면서 자신의 이익을 도모했다.

방으로 들어선 강태산은 윌리엄스와 눈을 마주치며 작은 목소리로 물었다.

다른 어떤 놈보다 윌리엄스가 가증스러웠으나 그의 목소리는 차분하게 가라앉아 있었다.

"윌리엄스, 하나만 묻자."

"뭐냐?"

"내가 알기로 넌 한국에 들어온 지 5년이 넘은 걸로 아는데 그 긴 시간 동안 한국을 사랑하는 마음이 조금도 들지 않았나?"

"나는 한국을 사랑한다."

"그래?"

"한국은 좋은 나라다. 그래서 나는 한국을 위해 많은 일을 했다."

"어떤 일을 했지?"

직접적인 질문.

그 질문에 윌리엄스의 눈이 흔들렸다.

빤히 처다보는 강태산을 향해 윌리엄스는 쉽게 입을 열지 못했다.

한국을 위해 한 것이 과연 뭐가 있었을까?

그가 한국에 와서 한 것은 미국의 이익을 위해 정보를 수집하고 전달하며 공작을 수행한 것밖에 없었다.

수많은 권력가들의 치부를 수집하고 분석해서 미국이 추구하는 이익에 활용했다.

그가 수집한 정보는 이제 필요 없는 구식 무기들을 한국에 수출하는 데 결정적인 영향력을 행사했고 각종 무역 협약이나 군비 분담에도 여지없이 작용했다.

한국의 정치인이나 군 장성, 고위 관료, 경제인들은 비리와 불륜에 관여되지 않은 사람이 없을 정도였다.

월리엄스가 대답을 못하고 우물쭈물하자 강태산의 주먹이 번개처럼 움직였다.

퍼억.

단 한 방에 월리엄스의 몸이 침대를 깔아뭉개며 뒤집혔다.

강태산은 뒤집혀진 월리엄스의 몸을 간단하게 원상태로 돌려놓고 이를 드러냈다.

강태산의 손에 들려 있는 것은 아무것도 없었다. 그럼에도 월리엄스는 두려움에 가득 찬 시선으로 꼼짝하지 못했다.

그저 조용히 서 있는 강태산의 몸에서는 야수와 같은 살기가 뭉클거리며 흘러나왔기 때문이었다.

"월리엄스, 네 나라에서는 네가 애국자다. 하지만 너는 대한민국에서 봤을 때 좆같은 놈이야. 지금은 너를 죽이지는 않겠다. 그러나 곧 너는 내 손에 죽는다. 그것은 이 일과 관련된 모든 놈들도 마찬가지야. 감히 일국의 대통령을 시해하려는 생각을 하다니……. 기대하고 있어. 대한민국의 수호신이 어떤 존재인지 똑똑하게 보여줄 테니까!"

일본의 특수임무 팀 신풍은 닌자의 뿌리를 지닌 집단이었다.

신풍이 내각정보국의 일을 맡아서 움직이기 시작한 것은 20년이나 되었는데 시대가 변하면서 그들 역시 선조로부터 물려받아 왔던 사상이 변했기 때문이었다.

닌자는 암술을 익혀온 집단으로 에도시대부터 존재해 왔다.

적장의 목을 베거나 주요 인사의 척살을 위해 태동되었는데 세월이 면면히 흐르면서 암기술과 은닉술, 닌자도가 정립되고 발전되어 전설로 거듭 태어난 집단이었다.

그러나 현대에 들어와 그 용도가 약해짐에 따라 존재가 희미해져 세력이 약화될 즈음 태평양전쟁을 일으킨 군부에 의해 다시 예전의 성세를 되찾았고 작금에 와서는 내각정보국의 최정예 전투 집단으로 거듭 태어났다.

북한의 신기혁 국방위원장의 방문이 3일 앞으로 다가온 남한은 극도의 혼란 속으로 빠져들고 있었다.

언론은 남북 경협의 부당성을 여과없이 흘렸고 극우 집단의 데모 행렬은 끝없이 이어졌다.

혼란.

대한민국은 역사의 전환점에서 이념과 이념이 충돌하고 검은 세력들이 활개를 치면서 폭풍 전야와 같은 긴장감이 감돌았다.

서울역 근처의 대현빌딩 지하에 있는 룸살롱 '비창'에 사내들이 하나둘 모여든 것은 신기혁 국방위원장의 방문이 이틀 앞으로 다가온 저녁 9시 무렵이었다.

날카로운 기세의 사내들.

손님으로 가장한 채 한 명씩 비창에 들어온 사내들은 거침없이 7번 룸의 문을 두드렸다.

상석에 앉아 있던 콧수염의 사내가 천천히 입을 연 것은 마지막 여섯 번째 사내가 룸으로 들어와 자리에 앉았을 때였다.

사내의 눈은 뱀을 연상시킬 정도로 차가워, 보는 사람으로 하여금 오한을 느끼게 만들 정도였다.

"오느라 고생했다."

"조장님, 상부에서 거사 당일 날까지 절대 모이지 말라고 했는데 갑자기 웬일이십니까?"

"오늘 모이라고 한 것은 상부의 지시였다. 전달 사항이 있다고 했으니 잠시만 기다려. 곧 본부에서 파견한 사람이 올 것이다."

"그렇습니까?"

질문했던 삼십 대 중반의 사내가 고개를 갸웃거렸다.

출발할 때 조장으로부터 받은 지시는 거사 전날까지 절대 연락하지 말라는 것이었기 때문이었다.

그랬기에 스스로 정한 안가에서 꼼짝하지 않고 움직이지

않았던 것이다.

이번 프로젝트의 실질 책임자인 조장 히데끼는 차가운 외모와 어울리는 잔인하고 냉정한 성격을 가진 사내였다.

그는 대소 30여 번의 작전에서 한 번도 실패하지 않았고 완벽한 작전으로 조원들의 목숨을 철저하게 지키는 리더였다.

그런 그가 비상 문자를 보내서 오늘 모이라고 한 것은 분명 이유가 있을 터였지만 그 장소가 룸살롱이라는 것이 너무나 의외였다.

"조장님, 본부에서 모이라는 이유에 대해서 알고 계십니까?"

"모른다."

"이상한 일이군요. 본부에서는 이번 일에 절대 흔적을 남기지 말라는 명령을 내렸잖습니까?"

"작전의 변화가 있거나 특별 지시 사항이 있어서겠지. 조급하지 굴지 마라. 잠시만 기다리면 알게 될 테니까."

히데끼가 자신의 손목시계를 들여다봤다.

시계는 정확하게 9시를 가리키고 있었다.

그때 문이 불쑥 열리며 세 명의 사내가 들어왔다.

전면에 선 것은 유상철이었고 그 뒤에는 최태양과 설민호가 따르고 있었다.

히데끼를 비롯한 일곱 명의 사내가 동시에 유상철 일행을 향해 시선을 던져왔다.

그러자 유상철의 입이 천천히 열렸다.

"어이 쪽발이들, 니들이 닌자라며?"

"넌 누구냐?"

"가운데 앉아 있는 걸 보니 네가 히데끼란 놈이구나."

유상철의 말에 히데끼의 얼굴에서 희미한 미소가 피어올랐다.

그는 어느새 열린 문을 살핀 후 상대가 지금 보이는 셋이 전부라는 걸 눈치챈 모양이었다.

"맞아, 내가 히데끼다. 그런 너는 누구냐?"

"니들 잡으러 온 사람. 사람들은 우릴 보고 유령이라고 부르지."

"장난을 치고 싶은 모양이군. 어떻게 왔는지 모르지만 그냥 꺼져. 보아하니 우리 정체를 알고 온 모양인데 죽기 싫으면 그냥 가라. 우린 조용히 술이나 마시다 가련다."

히데끼의 표정에는 여유가 흘렀다.

프로젝트를 진행하기 위해 왔지만 아직 일을 치르기 전이었으니 아무런 거리낌이 없다.

더군다나 놈들의 숫자는 셋.

무슨 일이 생긴다 해도 충분히 감당할 자신이 있었고 이곳을 빠져나가는 순간 그들은 연기처럼 사라질 능력이 있었다.

궁금한 것은 놈들이 어떻게 이곳을 알았냐는 것이었다.

자신은 며칠 전 직접 내각정보국장의 은밀한 지시를 받은 후 누구에게도 입을 연 적이 없었다.

고개가 의문으로 흔들렸으나 그는 더 이상 생각할 여유를 가지지 못했다.

어느새 유상철이 가볍게 탁자로 올라가 그를 내려다보고 있었기 때문이었다.

그의 이는 어느새 하얗게 드러나 있었다.

"씨발놈, 자신이 있는 모양이구나."

"당연하다. 너희가 누군지 모르겠지만 거기서 내려가지 않으면 후회하게 될 것이다."

"해봐, 이 새끼야!"

유상철의 몸이 훌쩍 움직이며 곧장 히데끼를 향해 파고들었다.

움찔하며 히데끼의 몸이 옆으로 돌아나갔지만 유상철의 발은 교묘한 각도로 꺾이며 그의 옆구리를 훑은 후 옆에 있던 스포츠머리의 목덜미를 팔꿈치로 찍어버렸다.

하지만 유상철의 움직임은 거기서 그치지 않았다.

팽이처럼 돌아가는 신체의 움직임은 더없이 유연했으나 그가 내지르는 발길질은 마치 퍼렇게 벼려진 창처럼 터지고 있었다.

닌자.

암습의 달인들답게 신풍조원들의 신형이 빠르게 흩어지며 유상철의 공격을 피했다.

방어와 동시에 펼쳐지는 반격.

닌자들의 무술 솜씨는 타의 추종을 불허한다더니 신풍조원들의 행동은 상식선을 벗어날 정도로 기묘하고 날카로웠다.

유상철이 몸이 팽이처럼 돌기 시작한 것은 신풍조가 정신을 차리고 본격적으로 반격을 가해왔을 때였다.

퍽, 퍽.

자신을 노리고 다가오는 놈들을 향해 유상철의 주먹이 번개처럼 뻗어 나갔다.

현천기공이 운영된 그의 몸에서 펼쳐지는 파산권은 벽돌을 산산이 부서뜨리는 위력을 가졌다.

더군다나 태을경공까지 운용된 그의 신형은 거의 환상 그 자체였다.

거기에 설민호가 가세하자 싸움은 일방적으로 흐르기 시작했다.

유상철 한 명을 향해 집중적인 공격을 가하던 신풍조는 조금 늦게 전권으로 뛰어든 설민호로 인해 추풍낙엽처럼 나가떨어졌다.

불과 5분.

히데끼를 비롯한 신풍조가 전부 바닥에 쓰러져 신음을 흘리기까지 걸린 시간은 불과 5분이 지나지 않아서였다.

그들 앞에 선 유상철의 얼굴에서 가소로운 웃음이 흘렀다.

그는 쓰러져 있는 신풍조를 향해 천천히 다가갔는데 목표는 중앙에 널브러져 있는 히데끼였다.

"어이 쪽발이. 이런 실력으로 감히 대한민국의 대통령을 시해하겠다고 넘어왔어? 이 좆만 한 새끼들. 성질 같아서는 확 죽여 버리고 싶지만 우리 대장이 끌고 오라는 명령을 내려서 내가 참는다. 신음 소리 내지 마, 이 개새끼야!"

유상철의 발이 가뿐하게 올라갔다가 그대로 히데끼의 오른손을 찍었다.

손목이 꺾인 히데끼의 입에서 억눌린 비명 소리가 흘러나왔지만 유상철의 웃음은 점점 진해졌다.

그는 이대로 놈들을 데리고 갈 생각이 전혀 없는 것 같았다.


서영찬은 일산에 있는 주택을 바라보며 담배 연기를 길게 뿜어냈다.

그의 옆에는 김중환과 유태호가 팔짱을 낀 채 주택을 노려보고 있었다.

주택은 일산이 재개발되면서 지어졌는데 잔디밭이 푸르게

펼쳐진 정원을 가졌고 예술 작품이라고 할 만큼 아름다운 외형을 가졌다.

"형님, 다 온 것 같은데 들어가시죠."

"담배마저 피우고."

"대장님이 보시면 큰일 납니다. 작전 중에 담배 피우는 거극도로 싫어하시잖아요."

김중환이 입술 끝을 끌어 올리며 잔소리를 하자 습관적으로 서영찬의 눈이 좌우를 훑었다.

그런 후 김중환을 노려보며 한숨을 흘려냈다.

"그 양반 지금쯤 왕십리에 있잖냐. 이럴 때 안 피우면 언제 피워. 나도 오랜만에 자유 좀 누리자."

"하여간 그 성격, 대단하십니다."

"놈들이 혈귀라고?"

"권단에서도 최고의 비밀 병기라더군요. 조심해야 될 것 같습니다."

"조심은 무슨. 들어간 게 모두 다섯 명 맞지?"

"그렇습니다. 모두 온 거 맞습니다."

"그럼 이제 들어가 보자. 거, 오랜만에 이런 멋진 곳에서 담배를 피우니까 분위기가 사는구만. 어때, 나 멋있어 보이지 않았나?"

"형님, 놈들한테 무기가 있는 거 같아요. 그러니까 정신 좀 차리시죠!"

"그놈, 잔소리는. 좋아, 가보자. 대장님 기다리게 만들면 좋은 꼴 못 볼 테니 열심히 일해야지."

서영찬이 담뱃불을 구두로 짓눌러 끈 후 천천히 주택의 정문을 향해 다가갔다.

그러자 김중환과 유태호가 흩어지면서 주택 좌우의 창문 쪽을 향해 움직였다.

서영찬은 정문으로 다가간 후 김중환과 유태호가 창문에 바짝 붙는 것을 확인하고 곧바로 발을 들어 문을 걷어찼다.

현천기공이 운용된 그의 발차기는 무쇠로 내려치는 것처럼 강력한 힘이 담겨 있었기에 철제로 만들어진 문이 단박에 우그러들었다.

쾅, 쾅, 쾅!

연이어 세 번의 밀어치기가 시행되자 문짝이 통째로 찢겨나갔다.

김중환과 유태호가 창문을 뚫고 몸을 날려 집으로 침입한 것은 안에 있던 자들이 비호처럼 빠른 움직임으로 정문을 방어하기 위해 총을 빼 들었을 때였다.

시선을 끌고 적의 후방을 기습하는 전략.

창문을 뚫고 들어온 김중환과 유태호의 손에는 어느새 소음 권총이 들려 있었는데 등을 보인 자들을 향해 거침없이 방아쇠가 당겨졌다.

단발 사격이 아닌 연사.

총의 발사 속도는 무서우리만치 빨랐고 정확했다.

슈욱… 슉… 슈욱!

두 사람의 총이 발사되면서 집 안에 있던 자들이 순식간에 셋이나 바닥에 쓰러졌다.

하지만 남아 있던 놈들의 반격도 날카로웠다.

기습을 받았고 동료가 쓰러졌음에도 소파 뒤쪽과 기둥에 엄폐한 혈귀들의 반응은 무서우리만치 침착했다.

시선을 끌었던 서영찬이 정문을 통해 파고든 것은 남아 있던 두 명의 혈귀가 김중환과 유태호를 향해 권총을 난사하고 있을 때였다.

팍… 파악… 팍.

총알이 난무하는 현장을 뚫고 들어간 서영찬의 베레타가 불을 뿜었다.

난사가 아닌 조준사.

서영찬은 번개같이 움직이면서도 정확하게 남아 있던 놈들의 허벅지와 어깨를 관통시켰다.

한 놈당 세 발씩.

그러면서도 급소는 모두 피한 총격.

그는 태을경공을 펼치며 눈에 보이지 않을 정도로 빠르게 이동하면서 두 놈의 팔다리에 정확하게 세 발씩의 총탄을 퍼부었다.

하지만, 총격의 정확성은 유태호와 김중환도 대단했다.

바닥을 뒹굴고 있던 자들은 전신에 피를 흘리고 있었으나 목숨을 잃은 놈들이 하나도 없었다.

그 와중에 정확하게 목표한 곳을 타격했다는 뜻이었다.

서영찬은 혈귀들이 모두 쓰러지자 기둥 뒤에 있던 자에게 천천히 다가갔다.

놈은 피를 흘리며 쓰러져 있었으나 거친 숨소리만 낼 뿐 이를 악물고 신음을 참아내며 서영찬을 노려보는 중이었다.

"네가 차홍이구나. 혈귀들의 대장, 그렇지?"

"너희들은 누구냐?"

"우리? 우리는 지옥에서 온 사자들이야."

"정체를 밝혀라!"

"이 새끼가 말귀를 못 알아 처먹는구만. 방금 말했잖아, 너희들을 잡으러 지옥에서 온 사자들이라고."

"흐으⋯⋯."

차홍이라 불린 자가 옆구리를 부여잡으며 인상을 썼다.

옆구리에서는 총알에 관통당했는지 피가 연신 흘러나오고 있었다.

그런 와중에도 차홍은 절대 신음을 흘리지 않았다.

"흐흐흐……. 정보가 샌 모양이군. 궁금하구나, 어떤 놈이 배신했는지."

"알고 싶어?"

"가르쳐 다오. 나는 죽어서라도 그놈에게 복수를 해야겠다."

"정청이라고 아나?"

"정청……. 크크크, 나를 놀리고 싶은 모양이구나."

"이 새끼야. 내가 뭐하러 너를 놀리겠냐. 다 죽어가는 놈을 놀리는 취미는 없어."

서영찬이 담배를 빼어 물고 라이터를 켜자 차홍의 표정이 더욱 일그러졌다.

믿기지 않은 사실.

공안부장 정청은 말살 프로젝트를 총괄 지휘하는 책임자였으니 서영찬의 말은 그를 놀리기 위해서 뱉어진 게 분명했다.

그러나, 차홍은 여전히 침착했다.

"좋아, 그렇다고 치자. 한 가지만 더 묻지. 우리가 왜 왔는지 알고 온 거냐?"

"그럼 우리가 놀러 왔겠나."

"크크크……. 크크크."

"이 새끼가 재밌는 모양이네."

"죽여라. 보아하니 우리와 같은 계통에서 살아가는 놈들인 모양인데 욕보이지 말고 깨끗이 죽여다오. 스파이의 세계의 룰을 지켜!"

"씨발놈. 피 흘리는 게 안쓰러워서 대꾸해 줬더니 점점 멋있는 척하고 있네. 넌 이 새끼야, 죽고 싶어도 못 죽어. 남의 나라에 와서 개 같은 짓거리를 하고도 편히 죽으려고 했어? 한 번만 더 좆같은 소리 하면 아가리를 찢어놓을 테다."

『투신 강태산』 7권에 계속…

이제부터 전자책은

# 이젠북

## www.ezenbook.co.kr

새로운 세계가 열린다!

김재한 『성운을 먹는 자』    철백 『대무사』
니콜로 『마왕의 게임』    가프 『궁극의 쉐프』
이경영 『그라니트:용들의 땅』    문용신 『절대호위』
탁목조 『일곱 번째 달의 무르무르』    천지무천 『변혁 1990』
강성곤 『메이저리거』    SOKIN 『코더 이용호』

**이름만 들어도 황홀할 정도의 별들의 향연!**
이들의 "유료연재"가 시작됩니다!

검색창에 **이젠북**을 쳐보세요!  ▼

# 초대형 24시 만화방

**신간 100%, 샤워실, 흡연실, 수면실(침대석), 커플석, 세탁기 완비**

## ■ 시흥 정왕25시점 ■

경기 시흥시 정왕동 1742-13 미스터피자 건물 5층
031) 319-5629

## ■ 강북 노원역점 ■

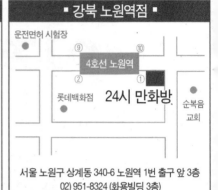

서울 노원구 상계동 340-6 노원역 1번 출구 앞 3층
02) 951-8324 (화용빌딩 3층)

## ■ 일산 정발산역점 ■

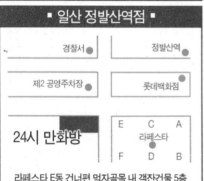

라페스타 E동 건너편 먹자골목 내 객잔건물 5층
031) 914-1957

## ■ 일산 화정역점 ■

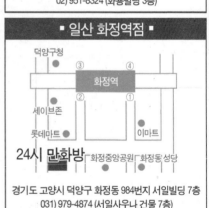

경기도 고양시 덕양구 화정동 984번지 서일빌딩 7층
031) 979-4874 (서일사우나 건물 7층)

## ■ 부천 역곡역점 ■

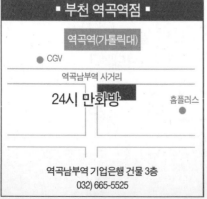

역곡남부역 기업은행 건물 3층
032) 665-5525

## ■ 부평역점 ■

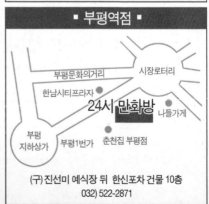

(구) 진선미 예식장 뒤 한신포차 건물 10층
032) 522-2871

이모탈 퓨전 판타지 소설
FUSION FANTASTIC STORY

# 용병들의 대지

# Road of Mercenaries

이 세계엔 3개의 성역이 존재한다.
기사들의 성역, 에퀘스.
마법사들의 성역, 바벨의 탑.
그리고… 그들의 끊임없는 견제 속에 탄생하지 못한

## 『용병들의 대지』

전쟁터의 가장 밑을 뒹굴던 하급 용병 아론은
이차원의 자신을 살해하고 최강을 노릴 힘을 가지게 된다.

그의 앞으로 찾아온 새로운 인생!
아론은 전설로만 전해지던
용병들의 대지를 실현시킬 수 있을 것인가!

# 미러클
# 테이머

인기영 장편소설

FUSION FANTASTIC STORY

# MIRACLE
# TAMER

이계로 떨어져 최강, 최고의 테이머가 되었다.
그러나… 남은 것은 지독한 배신뿐.

배신의 끝에서 루아진은 고향, 지구로 되돌아오게 되는데……
몬스터가 출몰하기 시작한 지구!
그리고 몬스터를 길들일 수 있는 테이머 루아진!
그 둘의 조합은……?

# 『미러클 테이머』

바야흐로 시작되는
테이머 루아진과 몬스터들의 알콩달콩한
대파괴의 서사시!!

Book Publishing CHUNGEORAM

유행이 아닌 자유추구 -
WWW.chungeoram.com

# 고검독보

천성만 新무협 판타지 소설

FANTASTIC ORIENTAL HEROES

강남 무림을 일대 혼란에 빠뜨린 마라천.
그들을 막아선 것은
고독검협(孤獨劍俠)이라 불린 일대고수였다.

마라천이 무너지고 난 후,
홀연 무림에서 모습을 감춘 고독검협.

그리고 수 년…….

그가 다시 무림으로 나섰다.
한 자루 부러진 녹슨 검을 든 채로……!

Book Publishing CHUNGEORAM

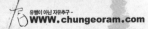

유행이 아닌 자유추구 -
WWW.chungeoram.com

허담 新무협 판타지 소설
FANTASTIC ORIENTAL HEROES

전왕의 검

신력을 타고났으나 그것은 축복이 아닌 저주였다.

『십자성 - 전왕의 검』

남과 다르기에 계속된 도망자의 삶.
거듭된 도망의 끝은 북방 이민족의 땅이었다.
야만자의 땅에서 적풍은 마침내 검을 드는데……!

"다시는 숨어 살지 않겠다!"

쫓기지 않고 군림하리라!
절대마지 십자성을 거느린
적풍의 압도적인 무림행이 시작된다!

# GRAND SLAM

FUSION FANTASTIC STORY

자미소 장편소설

## 그랜드슬램

2016년의 대미를 장식할 최고의 스포츠 소설!!

Career record : 984W 26L
Career titles : 95
Highest ranking : No.1(387weeks)
Grand Slam Singles results : 23W
Paralympic medal record : Singles Gold(2012, 2016)

약 십 년여를 세계 최고로 군림한 천재 테니스 선수.
경기 내내 그의 몸을 지탱하고 있는 것은…… 휠체어였다.

『그랜드슬램』

휠체어 테니스계의 신, 이영석(32).
그는 정상의 자리에서도 끝없는 갈망에 사로잡혀 있었다.

"걷고 싶다, 뛰고 싶다. …날고 싶다!!"

## 뛸 수 없던 천재 테니스 선수
## 그에게, 날개가 달렸다!!!

Book Publishing CHUNGEORAM

유행이 아닌 자유추구 -
WWW.chungeoram.com

GAME
BALL

게임볼 설경구 장편소설
FUSION FANTASTIC STORY

무명의 야구인이었던 남자,
우진이 펼치는 야구 감독으로서의 화려한 일대기!

『게임볼』

"이 멤버로 우승을 시키라고?"

가상 야구 게임,
게임볼을 통해 인생 역전을 꿈꾸는

한 남자의 뜨거운 행보에 주목하라!

# 투신 강태산

박선우 장편소설

FUSION FANTASTIC STORY

무림을 휩쓸던 '야차(夜叉)'가 돌아왔다.

## 『투신 강태산』

여행사 다니는 따뜻한 하숙생 오빠이자
국가위기 특수대응팀 '청룡'의 수장.
그리고 종합격투기계를 휩쓸어 버린 절대강자.
전 세계를 무대로 펼쳐지는 투신 강태산의 현대 종횡기!!

**"나는, 나와 대한민국의 적을, 철저하게 부숴 버릴 것이다."**

서러웠던 대한민국은 잊어라!
국민을 사랑하는 대통령과 절대강자 투신이 만들어 나가는
**새로운 대한민국이 펼쳐진다!!**

FUSION FANTASTIC STORY

서산화 장편소설

Miracle Direction
기적의 연출

천재 영화감독, 스크린 속 세상을 창조하다!

『기적의 연출』

대문호 신명일과 미모로 손꼽히던 여배우 김희수의 아들 신지호.
일가족은 불운한 사고로 인해 크나큰 비극을 겪는다.
이 사고로 섬광 기억(Flashbulb memory)이라는 능력을 얻게 된 그 순간!
그의 모든 게 달라졌다.

"배우의 혼을 이끌어내고, 관중의 영혼을 붙잡아야 합니다.
그게 제 목표입니다."

완전한 감독을 꿈꾸는 신지호.
이제 그의 영화가, 세상을 홀린다!

Book Publishing CHUNGEORAM